蝴蝶

Seba

蝴蝶
Seba

蝴蝶
Seba

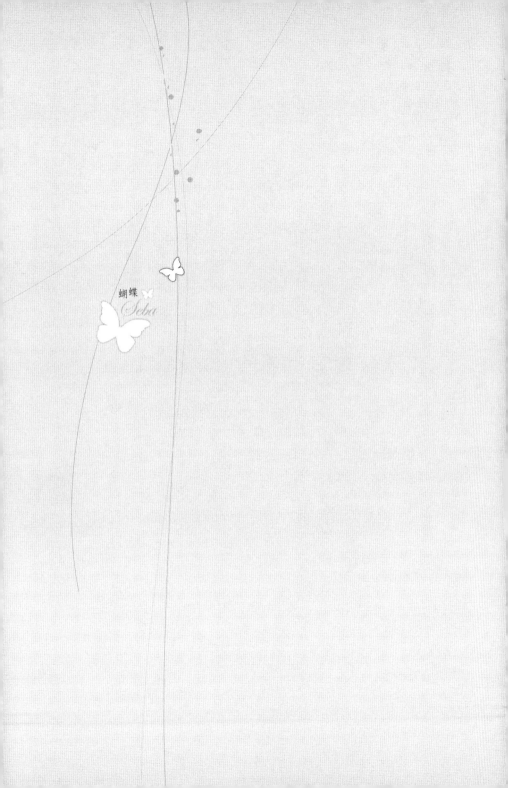

蝴蝶

Seba

蝴蝶館 40

百花殺

Seba 蝴蝶 ◎ 著

elegantbooks

第一章

她詫異的抬頭，橫過鼻梁直到兩頰的狹長胎記泛著淡淡的紅。竹林動搖，沙沙作響。但她聆聽竹吟已經六年，能夠分辨無人與來人的差別。

有人來結滿百緣之數嗎？

放下手裡收到一半的藥材，她緩緩走向竹林之間的曲折小徑。

師父和她相依為命的隱居在此，她來之前，師父避世已有十四載，鬱鬱寡歡。師父的摯友替她擺了這個迷陣。

但師父隱居二十載，臨終前對她說，「二十年如夢一場，此陣唯度有緣人。現在我終於可以回去了……我是不信那個老神棍，但他說，結滿百之數，可祈一緣。我一輩子都沒聽懂那些文言文……淡菊，若真有緣，妳也不用孤老山中……說起來我對不起妳，這裡醫療條件太破爛，我真沒膽子替妳清除胎記……」

「師父千萬不要這麼說。」向來淡定的淡菊掉下眼淚，「師父已給我無數歡樂與親愛。」

師父長歎一聲，「只能信那老神棍一回。我回去唯一不放心的，就是妳這孩子……」語氣未休，已然長辭。

歷歷在目，像是發生在昨天，但都已經是一年前的事情了。這迷陣擺了二十一年，卻才有第一百名有緣人。她隨師父學醫至今已然六載，卻只有五個可以踏上林間小徑。

第六年，第六個。

等她走入竹林深處，訝異的張大眼睛。她見過許多傷患，卻沒見過如此淒慘的。她遇過五個傷病的有緣人，從來沒有人能在依奇門遁甲安排的細密竹林中，硬生生開出一條路。

他伏在小徑中，雙目黯淡無光，焦距潰散，應該是瞎了。白衣成灰，染滿灰塵汙泥，發黑的血痕不斷被滲出的血濡濕，宛如一個血人。他手裡拿著斷裂的劍，另一隻傷痕累累的手，摸索著鋪在小徑上的細白碎石。

「司空公子。」淡菊謹慎的開口。

那人全身繃緊，搖搖欲墜。「妳是誰？我不姓司空。」

「我知道。」她放緩聲音，「你是第一百個進入迷途的有緣人，當名司空。我是醫者，你已然平安。」

他茫然站立，失明的雙目落下兩行淚。「迷途……還能返麼？」他直挺挺的倒了下來。

每個來到這裡的有緣人，都有段故事。淡菊輕輕嘆息。連師父都有，遑論是她。

她呼哨一聲，一頭老驢慢騰騰的踱步過來，頗有靈性的微屈，方便淡菊把病人抬到牠背上。牠原是醫者的驢，隨著那位傳奇的女大夫走南闖北，直到女大夫心靈疲憊不堪，便隨她在這深山隱居。

扶著昏厥的司空公子，淡菊慢慢的走在老驢身邊。那位公子的血，點點滴滴順著指尖，落在白石鋪就的迷途之上。

司空公子的傷，只能用慘無人道來形容。淡菊皺緊眉，無聲的嘆息。

雖然師父隱居不見人，但衣食住行，即使隱居也不能免。師父一直靠賣藥材維生，種著藥圃。荒山遼闊，奇珍藥材甚多，日子頗過得去。但師父心腸很軟，還是給山下的醫館留了連絡方式。

若是聽到遙遠的鐘聲，師父就會一臉不高興的戴上紗帽，騎著驢子，帶著她，下山去看病。如果不夠嚴重，師父會很兇的罵人。

跟隨著師父，她看過許多重傷重病。但她真的沒見過這麼殘酷的傷患。鞭打、刀割、火烙……看得出來有上藥悉心照料過，但還沒痊癒又疊上新的傷痕，怵目驚心。

有些割過皮肉的地方又上了火烙，疤痕一長全，恐怕就會妨礙關節，行走行動必痛。越是細嫩的地方越狠毒，一面替他擦身，她終究還是忍不住嘆出聲。

司空公子全身一顫，卻沒睜開眼睛。淡菊想，師父說，世間男子都愛面子，怕人看出狼狽，說不定就是這樣。她下手更輕，但她將所有衣物脫去，司空公子卻全身繃緊，側了身。

淡菊柔聲，「公子，我知道你睡著了。擦身才能上藥，你可能會有點疼，請你忍一些……」

她輕輕的替司空公子蓋上一層薄被，然後去換了桶熱水。她仔細的擦拭，沒落下一處。

她十歲就被家人賣給師父當丫頭，但師父卻只是憐憫她在家飽受厭惡和凍餓。跟師父學醫，她非常認真，或許是十歲前被虐待的經歷，也可能是及長知道自己貌寢，她漸漸生出離塵心，看淡了一切。

這樣的心態，卻很適合醫者。她能面不改色的面對婦人生產，各色人種的裸體，不畏污穢膿瘡。終究有一天，每個人都會成為白骨一堆，誰也不例外……在傷疾、死亡面前，眾生平等。

師父曾說，她這樣冷情，本來不該當醫生。但心理素質這樣堅強，卻另外生了一種悲憫的胸懷，知己苦而體他苦，不忍聞苦聲，所以才把所有醫術都教給她。

她現在就是這樣。她能漠然的擦拭病人羞於示人的隱處，卻懷抱著感同身受的悲憫，一聲聲的嘆氣。

那個陌生緊繃的公子，慢慢的放鬆下來，不再那麼僵硬。當淡菊將他翻身趴著，他只微微抗了一下，就順從的翻身。

一看後背，淡菊窒了一下。好一會兒才長長歎了一聲。她還不甚曉人事，但也知道時風不正，頗有男寵之風。有回師父去看一個病人，卻怎麼都不肯讓她跟。回來憂鬱的嘆氣，「我再也不懷念當腐女的歲月了……太殘酷。」

師父常說些她聽不懂的話，但從那時候起，師父就很認真的教她直腸科的醫術，不再怕她羞了。她可以體會師父的心情。殘酷而狼藉。

這一嘆，司空公子全身顫抖，雪白的臉孔落下兩行淚。她心裡更難過，「公子……要不，我先針灸讓你安眠可好……？」

他看不見，一定要先告訴他。不然驟然昏過去，一定會更添恐懼。

司空公子僵硬了一會兒，在枕上搖了搖頭。

「……失禮了，請原諒我。」淡菊的聲音更柔更輕，將他身上的血污傷口都擦淨，再用烈酒擦拭傷口，後又施藥，應該是很痛，但司空卻一聲也沒吭。

等傷口都處理完，扯過薄被小心蓋上，她已經感到非常疲憊。這是長久彎腰，和心靈飽受折磨的疲憊。「司空公子……」她輕輕的喚，「你脈象虛沉，需要吃點東西。能否略微起身？」

他搖頭，淡菊卻又嘆氣。「司空公子，就算吃不下，也用一些。大難不死，必有後福。讓我這當醫生的人心底好過些吧……」

好一會兒，司空擁著被微微起身，淡菊趕緊在他背後塞枕頭。舀了吊在火上罐子裡的藥粥，吹涼了慢慢餵他，一面低聲說話。

吃了小半碗，司空公子搖頭，淡菊也不勉強他。「公子，眼下我還沒衣服給你更換，你的傷也不能多拘束……且容我待客無禮，明日再為你準備可好？」

「姑娘……」他終於開口，聲音低啞，「救命之恩無以回報，只能來世結草銜環……」

「我求醫者本心，何須掛懷？反倒是我待客不周。」淡菊溫和的說，「我就在左近涼榻，若需要什麼，請跟我說……是了，我先帶你去後面淨房。」

他窘迫難安，淡菊再三寬慰，才讓她裹著被子扶著去了。只見他如白玉的臉孔泛起豔紅霞暈，羞赧難捱，淡菊才注意到他姿容極美，端雅秀麗，又從那絕好的姿色裡透出英氣來。

好相貌。可惜好相貌沒帶來好運途。

直到餵了司空公子半碗水，將他安頓好，淡菊才去後室洗浴更衣。看他氣度神韻，不似倡家子，反而像是大戶人家讀書識字的少爺公子，何以遭此橫禍？

手有薄繭，看起來是握筆和握劍的，不曾做過粗活，手指端圓，指甲修得整齊。不知道是誰家的落難公子，閨裡夢中人。不知道有多少人惦著、記著，淚濕的盼著呢！

但她決定不問他的身分和姓名。被她瞧見這樣的大恥，最好是一無所知，傷好送走後永不相見，省得日後想起就愧疚慚怒。她又嘆了口氣。以前她師父碰過類似的案例，心生憐憫，極力救治。結果那個姑娘一好，第一件事情是派人追殺她師父，若不是師父的高人朋友擋住了，連隱居的機會都沒有。

救人，是因為無法眼睜睜的坐視傷患在眼前死去。既然他能踏上迷途，不管是否強開道路，就表示他命不該絕，淡菊就該盡心盡力的救他。但是回報就不必了，更不需要將來反目成仇。

又嘆了口氣，她起來擦身穿衣。當初師父會選擇在此隱居，說不定就為了這口溫泉。她隱隱的有些笑意，慢慢的走回病房。

* * *

半夜的時候，淡菊驚醒過來。

事實上聲音非常微弱，像是咬緊牙關的微弱哼聲。她頭髮一挽點上燈，司空公子全身是汗，牙關咬得臉頰微微扭曲，雙手緊緊的抓住薄被。

她按住他的手，「司空公子？」

他猛然一掙，「別碰我！」聲音高亢尖銳。

淡菊反而使勁抓住他亂揮的手，「司空公子，除了你的手，哪我都不會碰。你魘住了，沒事，只是惡夢而已，你現在很安全……」

公子慢慢的靜下來，渙散的眼神茫然，「我不是司空公子。我是……」

「你不用告訴我。」淡菊撫慰的說，「在我這裡，你就是司空公子。等你傷好離開，就會把這個身分放下。從此我就不會記得你、認識你。再不會有其他人知道。」

他大睜著秀美的眼睛，「姑娘，妳的名字？」

她皺了眉。要說麼？但公子的手卻反過來拉住她，神情柔弱，像是被雨淋溼的小動物。心一軟，「我叫淡菊。」

「人淡如菊？」他的神情還是很無助茫然，說的話卻讓她笑起來。

「不是。」她笑了幾聲，「哪有那種人如其名的好事？我貌寢如無鹽，粗壯賽農婦。於家於室無望，只能在山裡隱居，莫污人目。」

「淡菊姑娘不要如此自貶。」他皺了宛如刀裁的劍眉。

「我師父常說，人貴自知。又說，實話總是沒人相信的。」淡菊語氣輕鬆，「那不重要。公子若不信，來日等眼睛好了，親自看看就是了……不過得飯前看，省得白費糧食。」

「我的眼睛……能好？」他目光一燦。

「理論上應該可以。」淡菊謹慎的說，「你應該是被封穴太久，氣脈不通，才造成短暫失明。我會竭盡全力讓你復明……」她柔聲，「盡量相信我。」

他目光渙散的望著淡菊的方向，良久才輕微的點點頭。淡菊微微一笑，正要鬆手，司空公子卻虛拉了她一下。

「我、我無意輕薄。」他的臉孔立刻泛霞，「只是……能不能……」

「我懂了。」淡菊體諒的說，「什麼都看不見，很可怕是吧？我想像得到。我就在這裡，你睡吧，不用怕。」

他用力望著淡菊的方向，卻什麼都看不見。只有手心傳來的溫度告訴他，那姑娘正在他身邊。一雙傷痕累累的手，有些繭，但又有女子的溫軟。這麼長久的痛苦和羞辱驚恐，終於能夠暫時的放下。

現在他相信，他迷途能返了。

第二章

在無盡的黑暗中，他在等待淡菊回來。

一大早，空氣還帶著凌晨的冰冷，感受不到太陽的溫度，淡菊就悄悄的起床。他聽到那姑娘輕輕的腳步聲，在屋裡走來走去，燒火、熬藥，可能也在熬粥，因為他聞到淡淡的藥香和米香。

出去一會兒，他的心就提著，回來聽到水響，應該是在漱洗，接著是潑水出去的聲音。不知道為什麼，聽著就安心。

「司空公子，」她柔柔的聲音飄著，「你醒著嗎？」

「嗯。」他抬頭。

「我要幫你洗臉刷牙……」她不厭其煩的把步驟一一說明，吃什麼，等等要喝的藥比較苦，幫他在哪施針……知道他在黑暗中非常不安，所以告訴他。「我去山下買些東西，很快就回來。」收了銀針後，她溫柔的說，「你需要些衣物，有些藥材，我這兒沒有。」

他急起身，說不出為什麼。但淡菊似乎誤會了，「你在這裡非常安全……迷陣設立以來二十一年，只得百位有緣傷患。就算是追殺你的壞人，能進來也不會動了。你很安全。」

她的手，覆在他的手上。黑暗中，唯一的溫暖。

張了張嘴，他雪白的唇顫了一顫，「……路上小心。」

「好的。」淡菊輕笑，「我會的。」

所以，他在黑暗中安靜的等。淡菊姑娘說……她很快就會回來。所以他安靜的等。

空氣溫暖起來，中午了。時間似乎很漫長……比那段可怕痛苦的日子還漫長；但也似乎很短，像是夢中那雙溫柔的手，那溫柔的嘆息，聲音裡有真誠的難受，為他難受。

門扉一響，他不由自主的繃緊，溫柔的聲音傳來，「司空公子，我回來了。」

她還是耐性的一一說明，穿一件就說一次。「……抱歉，我沒買過男子的衣服。這書生袍似乎太大了點……」她侷促的說，攏了攏他的前襟，「明天我再去……」

「不，不要！」他慌亂的亂抓，那雙溫暖的手握住他。

「……我女紅做得不好。我試著改一改？」她的聲音更歉意。

「這樣……很好。」他低下頭，凝視著黑暗，「舒服。」

她又嘆氣，「司空公子，你脾氣很好。」

「是我不知道要怎麼感謝姑娘……」他訥訥的說。

「再別提這話。」淡菊擺手，「就說是有醫緣了，我順應天命，你也這樣，好不？你若真不安心，不如這樣，今日我救你，來日你救十人還我，替我積陰德，好嗎？」

「這樣也不足為報。」

「我覺得所得已然十倍。」她泰然的說，「我算會做生意了。」

好吧。她不喜歡，那就不再提。

淡菊煮飯，他只能豎著耳朵聽她的動靜。像是個無助嬰孩等待著。但這姑娘……卻是這樣善解人意。這樣和藹溫柔，像照顧他是理所當然的，不讓他有一點負疚的感覺。她真的是個慈悲的醫者。

「……妳對每個病人都這樣嗎？」司空問。

淡菊輕笑，「前年我接過一個有緣的病患，是個因病失明的嬰兒，才十個月大，被棄在竹林外……不知道怎麼爬了進來。」

「後來呢？」他問。

「後來……你先張嘴，啊……」她餵了司空一口，「後來養了他十個月，治好了他的眼睛。有回我帶到山下去採買時，布莊老闆愛極了，求我給他當兒子。」

「……妳給了？」他聲音發顫。

「是呀。」淡菊認命的笑了笑，「我困居在山上，怎麼樣都不是孩子該有的生長環境。布莊老闆無子，孩子需要一個正常的家。挺好的……孩子忘得快，現在也不記得我了。」

「妳不傷心麼？」

淡菊想了想，「傷心多少會一些，但還是開心比較多。他過得好，我盡了第九十九個醫緣。他帶給我許多快樂……你嘴巴停了。張嘴，啊……」

等嚥下那口藥粥，「但妳為什麼非困居山上不可？」

「因為……像我師父說的，不拉低市容美貌度的百分點，也不污染其他人的視力。」淡菊笑著說，「張嘴，啊……」

「……不餓。」他皺攏了眉，低低的說了聲。

淡菊揚了揚眉。少年病患就是這麼麻煩。她在心底無聲的嘆氣。以前她還小，不懂事。不曉得病中的人心靈脆弱，會緊緊攀附救治他們的人，就把他們說的話都當了真。

她還記得十四歲時，不顧師父的反對，真的去揚州看慕容哥哥。那時對她溫言愛語，對她百依百順的慕容哥哥，看到她像是看到一個……恥辱。當場轉身，說從來不認識她。

若不是回來就接到那個失明的孩子小司徒，還不知道會多難過。但她看淡很多，才會捨得把小司徒給了布莊老闆。

她和這些人，僅僅有著醫緣。救助他們讓她覺得自己有用，盡了醫者的本分，完成迷途的醫緣。和他們相處時，她覺得快樂，那就夠了。只是醫生和病人，沒別的。

不過，把百家姓用完了——她刻意取百家姓最末六個姓——以後應該不會有人踏得進迷途了……偶爾她還是會出診的，山上生活也還悠閒，可以的。

「那我溫著，晚點吃？」她溫柔的說，「粥裡有藥材，是固本培元的。你要把身體養好，我才能試著幫你打通血脈。不然你體弱，熬不住炙艾。我也想你早點看見……」

沉默了一會兒，他抬頭，張開嘴。

「司空很乖。」她笑著說。

嚥下那口藥粥，他低低的問，「淡菊姑娘……妳幾歲？」

「十六。」她很乾脆。

「我十八。」他抿緊唇。

淡菊無聲笑了笑，「是，對不起。我不會再用這種口吻跟你說了。」她對病人向來非常寬容。

勉強吃完那一碗，司空躊躇了一會兒，小小聲的說，「若是……妳喜歡那樣講，也、也沒關係。我的命是妳救的……」

病人，真是一種脆弱又惹人憐愛的生物。傷了、病了，就退化成小孩子。

「司空公子，」她輕嘆道，「其實是你們救了我。」沒等他回話，淡菊就告訴他，她就在隔壁佛堂補一下早課，等等回來。

持著念珠，她念著佛經，聽起來很單調，但聽著這樣的聲音，司空卻很快就睡著了。似乎一直非常疼痛的傷口，也被撫慰了。

晚上替司空公子更衣擦身時，淡菊忍不住又嘆氣。這兩天她嘆的氣，比六年來嘆的都多。

雖說已經止血上藥，但有些傷口還是滲出體液，黏在麻紗單衣上，脫下時得用剝的，他會痛到顫抖。每脫一件，他的臉孔就白一分，濃密的眼簾垂著，卻倔強的咬著牙關，不發一語。

「我不會碰到你，不要怕。」她溫聲安慰，「我用巾帕裹著手，所以不會的，放心。」

無言片刻，他雪白的唇吐出幾個字，「……沒關係。妳不要對我這麼客氣……待我傷癒復明，願與大夫為奴為僕。」

「司空公子切莫這樣說！」淡菊輕斥，病人一旦陷入絕望，真比什麼都糟糕。「待你復明就可提筆家書。你可將地址、姓名另書一紙，我會直接交給驛站快腳，你不用擔心……」

「他們早認為我死了。」他冷冷的說，語氣如寒霜槁灰。「或許把我送出門的時候……」他笑了起來，又因為笑牽動了傷口，面容扭曲。

淡菊說不出話來，手底卻更輕柔。她的師父很愛威皇帝，不只一次跟她講慕容沖的故事。師父常說得眼冒愛心，自己瞎編許多情節，但淡菊總覺得非常殘酷。十一歲就被送給符堅為家族犧牲了，哪有什麼美感可言？

沒想到眼前就血淋淋的看到一個「慕容沖」。

正要擦拭到隱處，淡菊遲疑的停了手，正色說，「我師行醫三十三載，我也六年有餘。不敢說知交滿天下，但也頗結善緣。要安排司空公子不是難事……請放寬心。」

她穩定專注的擦拭了隱處，心底越發黯然。人心之黑暗污穢，令人毛骨悚然。身前傷痕、身後狼藉，是怎樣的瘋狂才能導致這樣陰暗殘暴？

快速的處理了隱處，拉過薄被蓋住他的腰，才去處理其他傷處。

「……有的疤痕會妨礙你日後行動。」她輕輕的說，「甚至有的裡頭似乎有異物，必須用薄刃削去，重新縫合。所以我要先施針施藥讓你昏睡……會很痛，請你忍耐。」

他轉開臉，很輕很輕的點了點頭。

雖然已施針服藥，但手術的痛恐怕也無異於酷刑。雖然被綁住，司空額上還是不斷的冒冷汗，昏昏沉沉的咬緊牙關，偶爾才輕哼一聲，卻滿溢痛苦。

如果可以，她真想一次解決。但是司空公子的身體衰弱極了，被多種藥物摧殘過。她苦惱了整天，只能優先處理最嚴重的地方，不然他的體力受不了。

換上直白長袍，面上蒙巾。因為只有她一個人，所以她在肩上繫了條棉布，方便她將汗抹在上面。器械先行煮沸，施刀前在患處以烈酒擦拭消毒，一旁早已串好豬腸鞣製的線，彎彎的細針帶著寒光。

她的師父長於外科，簡直可以說是從娘胎裡帶來的。第一次手術時只有七歲。生在李神醫家中，又兼內科之精髓，更長於針灸炙艾。不到十六歲已聞名天下。

針灸開方，能人甚多。但外科手術卻獨步天下，只是她從無傳人。直到淡菊來到她身邊，她才傾囊相授，淡菊還記得光縫豬皮就讓她們吃了半年的豬肉，師父吃到最後都發脾氣。

師父說，淡菊臨床經驗太少，不過她心定手穩，應該可以彌補經驗不足。看起來，師父是說對了。

她處理了幾個幾乎見骨的大傷，一層層的縫合，又挖出幾個異物……竟是幾粒渾圓如龍眼大的珍珠。染血的珍珠，令人怵目驚心。

趁他昏迷，淡菊仔細觸診全身，確定再無異物，才貼上紗布，清理病房，結束這場在這個時代不應存在的外科手術，只是她對此茫然無知。

注視著昏迷的司空公子，蒼白的臉孔，眉黑如墨。清艷如將落月華，哀美孅三春花穨，骨架完美勻稱，正是演繹「美人」的範本。但那又如何呢？

她到師父身邊時，師父已經四十四歲，美極艷絕，令群山皆無顏色，不敢想像她年輕時是怎樣的風華絕代。但她的師父已鬱鬱隱居十四年，對病人總是橫眉豎目，尤其是男病患。常常大罵男人皆是薄倖兒，生了病的男人更是良心讓狗吃了的最最薄倖兒。

師父不說，她也沒問。但經過慕容哥哥的事情以後，或許她就懂了。

貌美貌寢，總尋得出不是，更用不著指望什麼。女子已微賤，又何況串鈴坐堂的位卑。不如山中歲月雖漫長，卻無繫無掛，悠然自得。

至於春秋交襲的寂寞和躁動，她可以念經，專心禮佛，總有天可以克服熄滅。她的日子悠長，並不著急。

* * *

過了七天，司空公子偶有微燒，數處發炎，所幸都還控制得住。淡菊不禁有些佩服，遍體鱗傷若此，應該是痛得夜不安寢，輾轉呻吟。但這位公子卻都咬牙忍下來，默默忍受，很堅強又很倔強的人啊！

或許是太痛了，他的話很少。最初獲救的喜悅消退後，他越來越難抵抗疼痛的侵蝕，顯得鬱鬱，漸少生氣。只有淡菊對他說話的時候，他蒼白的臉才有些血色。

不過，或許是習慣了，淡菊為他擦身換藥時，他顯得很溫馴合作。

「……妳……淡菊姑娘，妳對別的病人也……」他雪白的唇輕啟，

「也這麼、這麼體貼入微麼？」

這是話不多的他，問了第二次相同的話。

淡菊想了想，浮出一絲苦笑。「……我之前沒遇過如此重傷的病患。之後大約也遇不到。迷途僅有百名醫緣，既已結百，應該沒了。偶爾下山，我也只是個醫婆，多半看的是姑娘、太太，不怎麼可能會有男子。」

知道她也懂醫的人不多。只有些禮教森嚴的小姐太太會來請她去看婦科。她主要還是種藥圃、賣藥材。

他嘴唇動了動，卻別開臉，沒說話。

「你該吃藥了。」淡菊溫聲說。

司空公子勉強起身，溫馴的一羹一羹喝著苦斷腸子的藥，濃密的眼簾垂下，在雪白的臉頰上造成陰影，顯得非常楚楚可憐。

幸好她看著絕艷的師父五年有餘，對美貌早有免疫力。但的確，這樣看著，頗賞心悅目。就像是看到桃之夭夭，灼灼其華。可憐他的生命力被風雨摧殘成這樣，更令人憐惜。

喝完了藥，淡菊扶著他躺下，他閉上眼睛，卻問，「污穢至此……卻不尋死，是否不該？」

「強盜搶人，是被搶的人有罪，還是強盜有罪？」淡菊回答，「是被搶的人要被唾棄，還是強盜要被唾棄？人被搶過，不是想著失去的財貨一刀抹脖子，而是要趕緊去把錢賺回來，讓日子過得好。有機會的話，能逮住強盜交予國法，那就更好了。」

等了一會兒，他沒說話。以為睡著了，淡菊端著空的藥碗起身，司空公子微弱如嗚咽的說，「……謝謝。」

這次她沒有推辭，而是充滿憐憫。輕輕拍了拍他的被子，「我就在外面藥圃，喊一下，我會聽到。」

司空公子壓抑住肩膀微微的抖動，點了點頭。

第三章

一月後，司空公子已經可以起身，扶著牆壁走幾步。只是腳步虛浮，容易力倦神疲。

其實已經很強悍了。淡菊默默的想。他身體裡累積著多種春藥的殘害，有些直逼劇毒。她陸續把所有的手術都做全了，儘可能的消除隱患。

若是一般人這樣折騰，恐怕已倒在床上奄奄一息，他卻能下床了。可見心性堅忍，痊癒之日不遠。

這日，司空想自己洗頭，淡菊挽起袖子，帶他去溫泉浴室好好的洗刷一遍。盡量擰乾了他烏溜溜的長髮，淡菊扶著他到菊圃晒晒太陽。

夏末，陽光尚好。菊圃旁的亭子可以晒到太陽，卻不會太熱。圃裡的菊花，有些已經結苞，靜待秋日風華。

和風吹拂，撩起他披散的頭髮，飄然若謫仙。經過一段時間的炙艾和藥方，他的氣脈依舊淤塞，但已經略通了。雖然還看不見什麼，但能分辨明暗和色塊，只是朦朧如在濃霧之中。

他摸索著亭柱，覺得像是有字。一個個摸過去，「……百花殺？」

淡菊一笑，「我師父最愛菊花，這菊圃就叫做『百花殺』。」她仰頭吟道：

「待到秋來九月八，我花開後百花殺；

衝天香陣透長安，滿城盡帶黃金甲！」

司空公子面容微變，「……這是黃巢的反詩。《不第後賦菊》。」

「我師父說，什麼反不反的，她就愛這詩那股氣勢。她又說，詩本身沒有什麼反不反的，作者寫出來就是讀者各自演繹了，作者抗議也無效，何況黃巢都死那麼久了……有種從墳墓跳出來抗議啊！」

淡菊邊說邊笑，連向來抑鬱的司空公子都彎了嘴角，更顯得光華流轉，神采飛揚。「淡菊姑娘的師父，是個妙人。」

「是呀。」淡菊有些感傷，「我一生最好的事情，就是遇到我師父。」一想到師父已經不在，壓抑得很好的寂寞和孤獨又驀然湧上心頭。

司空公子像是察覺到什麼，「圃裡的菊花都開了嗎？」

淡菊偷偷地拭去眼角的淚，強笑說，「還沒呢，不過結了花苞，大概九月就開了……拖著溼髮不好，我幫你梳頭吧？早點乾。」

他含笑的點了點頭，足以使人看呆。淡菊也覺得心情提升許多，果然人人愛美人是有道理的。

司空公子溫馴的低頭，罕有的問了許多問題。淡菊一面幫他梳頭，一面跟他聊天，話題總會扯到她那神奇的師父，許多離經叛道又奇思妙想的話語。兩個壓抑又鬱結的少年少女居然笑聲不斷，彼此覺得親近不少。

「你累了。」淡菊端詳他的臉色，「頭髮也乾了，進屋吧？」

「不累。」他眼睛底下出現淡淡的黑影，「淡菊姑娘，今天我才發現，妳真的只有十六歲。」

她呆了呆，想築起心防，司空公子卻露出茫然又柔弱的神情，極力注視著她。他今天話這麼多，是察覺到我提及師父時，那一刻的脆弱和憂傷吧。淡菊默默的想。現在覺得可能觸怒我了，又很擔心。

「你也才大我兩歲呢。也沒大到哪去。」她輕笑著攙起司空公子，「趁還有日頭，我該去煮飯煮藥了，你進屋陪我說話吧。」

他臉上帶著淡淡的笑意，「好。」

*　　*　　*

有段時間，他們相處得很好。

能夠行走之後，不管淡菊在哪，他都會摸索著跟去。淡菊也覺得終日躺著不好，能走動走動對痊癒是有幫助的。他也漸漸能自理生活，靠著明暗和色塊，半猜半背的，能夠在屋裡屋外來去。

他生性愛潔，每日必沐髮潔身。雖然看不到，但摸索過後非常訝異。據說這個溫泉浴室是淡菊的師父設計的。泉眼極燙，煮蛋能熟。

她的師父挖了條明溝，引進源頭的溫泉，待到浴室，已經是極宜人的溫度，又挖一溝引出，時時活水溫浴，非常舒適。

而溫泉明溝蜿蜒而過的藥圃，經過泉水的溫暖滋養，長得特別好，可說一舉數得。

不但如此，屋裡許多布置都極為舒適，巧思妙想。淡菊從不需挑水，自有泉水用竹管引入大缸，滿溢則自流於缸外凹槽，流出屋外，引溝日夜沖刷屋外淨室，令無一絲異味。

雖然淡菊的師父已然去世，但這小巧山居，卻處處留下她的痕跡，清新可喜。莫怪養出淡菊這樣溫柔淡定、靈慧悲憫的女子。

她終日忙碌，卻依舊氣定神閒。有時司空負疚，她總笑著說，「早習慣了。忙忙的，日子過得快。」

因司空能自理，所以換藥都選在他沐浴後。大半的傷口皆已癒合，只有些細膩隱密處癒合得慢。淡菊見他能自理，原本某些尷尬之處要讓他自己上藥，他卻拒絕了。

「我看不到。」他聲音很低。

淡菊有些臉紅，「那是你的身體呀！」

他沒出聲，背過臉，好一會兒才細聲，「早、早就不是……不是我的……是、是……」

淡菊有些難過，又覺不安。但她不管怎樣早熟淡定，畢竟還只有十六歲，對男女之事僅有學理上朦朧的認知。她還不知道怎麼勸慰開解走入死胡同的司空，又覺得心底湧起的竊喜和羞澀非常不妥。

那是因為他還看不見的緣故。這個認知立刻澆熄她剛剛朦朧發芽的情思，讓她找回醫者的冷靜。

「當然是你的。」她終於開口，「但的確，你看不到，還是我來吧！」

這次淡菊替他抹藥時，他起了反應。他猛然閉上眼睛，慘白的臉孔，滲出血似的紅暈。淡菊卻神色不變，依舊檢查傷口、上藥。日後上藥改用一截磨圓的玉釵，不再跟他有實際的接觸。

司空開始有些鬱鬱，飲食減少，忽憂忽喜，神情恍惚。淡菊卻覺得頭疼，這是她第一回不知道如何下藥。

研究了整晚，她決定先打通司空的氣脈。之前憐惜，怕他體弱捱不住。但事態發展到她不知如何是好，只好先料理他的眼睛。

司空或許體弱，性情卻極堅忍，又曾練武，基礎不錯。施艾旬餘，加上用藥蒙於眼上，終於復明了。

眼前的景物原本只有明暗色塊，他以為沒有效果。漸漸的，色塊匯聚出輪廓，一直包裹著他的濃霧，漸漸散去。眨了眨眼，景物越發清晰。他終於回到天地間，而不再是個瞎子。

「淡菊！」他猛然回頭，欣喜的笑讓他煥然如春花，卻在見到淡菊的臉時，瞬間枯萎，倒退了一步。

她覺得，心口有點疼。旋即轉身，淡菊輕笑著，「恭喜司空公子，再將養段時間，就大好了。」立刻走出病房，筆直的走入院子，提起藥籃，開了竹扉上山去了。

快步在山裡走著，她笑著笑著，滴下淚來。果然是修為不足啊⋯⋯

白念那許多佛經。不過，司空公子的「思春之病」一定是痊癒了。身為醫者，開出這樣的良方，還是頗為自豪的。

雖然胸口隱隱作痛，但也覺得整個輕鬆起來。終究不至無法收拾的地步，她還能笑著說再見。

她還有師父相伴，她不寂寞。

行到一塊龐大雲母石時，她站住了。

那塊雲母石有人一樣高，異常光滑，比銅鏡還清晰。天生地成，非常奇珍。

她的師父看著這塊雲母石非常感嘆，說跟玻璃鏡差不多，又開始嘮叨抱怨科學落後，連個水銀玻璃鏡也造不來之類的。

很多年了，她沒仔細端詳過自己。

紅艷的胎記橫過鼻梁，在臉頰上異常惹眼，像是一個「ㄟ」，顏色已經比剛來時淡了許多，以前可像是火燒似的。但胎記光滑，而她臉部的皮膚暗沉，總是冒著油汗，粗糙不堪。

師父用了多少藥都不能改善，她自己更是束手無策。

五官尚可，卻也跟美搭不上半點關係。但她還滿喜歡自己的臉，非常親切。就像她也還滿喜歡自己略微矮胖的身材，很耐苦，像是短腿的滇馬，負重行遠。

或許是因為師父也喜歡。師父會捧著她有些油汗的臉龐，憐惜的說，「妳這臉兒有什麼不好？這是三色堇，花語叫做思慕。妳這樣的身材叫做剛剛好，誰知道我那兒減肥都減出大群不死軍團，到了這兒了，這什麼平行世界的明朝還流行個鬼楚腰，餓死多少女人。」

師父都說好，那她就喜歡這樣的自己。

漸漸的，她的心情平靜下來，家裡還有個病人等著吃飯吃藥，也該回去了。

踏著夕陽餘暉，她從山道歸來，遠遠的，看見一件青袍飄盪，瘦得可憐的司空站在路口，直直的望著她。

眉眼間猶有抑鬱，但眼睛已經有了粲然光采，讓他整個人都活起來。

她微微一笑，「司空公子，眼睛感覺還好麼？」

見她這樣淡定，滿腹的話反而說不出來。他想了一整個下午，該說什麼，該怎麼說，卻在她淡然卻疏遠的微笑中死寂了。他只能胡亂的點頭，緘默不語。

淡菊走在前面，「我挖了幾截山藥，等等倒是可以燉湯喝。吃過飯我再替公子把脈。入秋了，易招風寒，請入內安歇可好？」

等了好一會兒，才聽到他輕輕的一聲，「嗯。」

她自行走去廚房切洗，司空公子則默然走入自己的病房，並沒有跟來。甚好。

等她作好簡單的飯菜，裝入食盒中提去給司空公子，他只垂著頭，看著地上，淡菊將飯菜擺好，放上碗筷，輕輕的對他說，「司空公子，既然復明，請用餐飯。我去廚下顧湯藥。」

他深深吸了口氣，才低聲，「……淡菊姑娘先用吧。」

「我廚下已留飯。」她溫和的說，轉身走了出去。

等她在廚房吃過飯，湯藥好了，她端著湯藥走回病房，發現司空公子保持著原來的姿勢，依舊看著地上，桌子上的飯菜一點都沒動。

手一軟，差點把湯藥給撒了。

她突然，整個心都累起來。或許是他長得太美、太好，所以分外不能容忍粗陋吧？連她作的飯菜都覺得食不下嚥。一口氣噎在胸口，非常非常的悶。

等湯藥的邊緣燙了她，她才驚醒過來。默默的將碗擱在桌上，「司空公子，請用藥。」

他搖頭，不講話。

那種深深的累更沉重了。但身為醫者的理智鞭策著，讓她勉強振作。拿出幫他塗抹的傷藥瓶罐，一一說明這是什麼時候用的，該怎麼使用，使用在何處……

「你背上的傷大致上都好了，只剩下一些……你能自己上藥的地方。」她語氣冷漠疲倦，「行百里而半九十，請你多少容忍些……」

「一步，就已是天涯嗎？」他憤然抬頭，目光炯炯的盯著淡菊。

淡菊瞅了他一眼，他低下頭，「乍然得見，與我想像不同，只是有些吃驚……妳依舊是淡菊姑娘，我也一樣願為奴僕。」

那種沉重突然消失，無比鬆快。她有些悲哀的笑笑，自陷泥淖啊自陷泥淖。這是個心靈脆弱的病患。淡菊啊淡菊，妳有何值得喜悅？

「先不提為奴為僕，」她苦澀的笑笑，「讓我餵飯餵藥，抹傷更衣，是把我當丫鬟呢！」

「……妳餵，我才吃得下。」他別開臉，淡淡霞暈。

……且惜一時之緣吧。她嘆氣，「我去熱一熱，都涼了。」

「不用。」他低頭撿起筷子，「我自己吃飯……妳餵我吃藥？」

良久，她才輕輕「嗯」了一聲。她隱隱覺得不好，覺得危險。但他順從的看著她，等著她一羹羹餵著非常苦的藥，洗浴後無助茫然的躺著，等她檢查傷口和消毒塗抹時，她又沒有辦法拒絕。

似乎也沒治好他的春心，他依舊頰生霞赤，眼神朦朧的……起反應。

淡菊開始覺得自己得先給自己把把脈，看是不是快得了瘋症。

第四章

賞盡枯菊後，百花盡殺。

入冬之後，司空的身體大致上已經癒可，快得超過淡菊的預期。或許是因為司空原本練武，氣脈暢通後就能自己運氣療傷。

幫他把脈，宛如枯木逢春，生命力掙扎著噴湧而出。難怪會金針封脈封到如此霸道，害他失明。若不是如此，又豈會束手就範？幸好救治得早，再封個三、五個月，她也毫無辦法了。

但他服用了太多藥物，摧殘他的健康。她不得不開方療養，試圖解除毒性。只是她常躊躇煩惱，久久無法下筆。就是怕對他飽受藥害的身體雪上加霜。

他還是瘦得可憐，卻已經開始出現沉穩的姿態，已經許久不夜驚了。

甚至已經開始幫她作些粗活，搬柴、提水、生火，動作很生澀，可見沒幹過。但他學得很快，也很堅持。

下了雪以後，待在屋裡的時間長了，相對無語，司空提議跟她學醫，淡菊很快就答應了。

自他痊癒後，他們就不再那麼親密……即使是醫病間的親密。但司空往往會默視她許久，待她回顧就立刻轉開，頰上霞紅。淡菊覺得很困窘，也有種淡淡的心煩。

她在人情世故上有種極超齡的早熟，早熟得接近滄桑。她能體諒司空此時的心情和朦朧，也很憐惜他受過的苦難和堅強。

但就如師父所言，男人薄倖，天生自然。師父隱居十四年間，共有九十四個有緣傷患，她也見過那些傷患「回診」。

師父偶爾肯接他們進來喝茶，神情卻都很冷漠。

有高官才子，甚至有皇室貴冑。師父背後評論他們都很惡毒。她說，因為她是身分不高的醫家女，這些男人「施捨」個妾位就覺得極厚，就算願娶她為妻，也早有無數妾室。

師父還說，這些人都旁敲側擊的問過她是否完璧，她無法自賤身分和這些狼心狗肺的東西在一起，負擔他們的人生。

「身分地位，對男人來說才是最重要的。」師父神情黯然的說，「一切都是算計，就算有真心實意，在他們眼中都極次，一文不值。」

經過慕容哥哥的事件，她就明白了。慕容哥哥其實還來過，買通山下醫館鳴鐘請醫，她不明究柢的下山，愕然看到慕容。

慕容哥哥說了許多甜言蜜語，說他從來沒忘過山上的時光，也沒忘記過她。只是她突然出現在家門前，招人說話……

是招人笑話吧？她心底默默的想。

那時她只回頭看了醫館老闆一眼，就翻身上驢，默默的走了。之後逢鐘不應，醫館老闆親自跑到迷途外站了一整天，她才淡淡的說，「可一不可再。」揭了過去。

現在司空又這樣招她。扛自己的人生已經疲憊，她沒力氣扛別人的人生。但大雪封山，他餘毒未盡，又不能驅他走。

所以，司空說要跟她學醫，她是欣然的。只要不要一直盯著她，能轉移心思倒是好的。家裡有許多藥材，一樣樣的認其形狀氣味，了解藥性，頗能排遣雪深寂寥。

也教他把脈、針灸。他原本就認得全身穴道，教起來很快。司空很用功，常常抱著醫書看，像是要考秀才一樣刻苦。淡菊這時才能放鬆些，那種心煩終於散去。

一日雪歇初晴，淡菊到藥圃去察看，交代司空待在家裡。不下雪反而冷得多，他身子還很單薄，藥圃的範圍很廣，不想他因此受了風寒。

他沒說什麼，只是點點頭。

等她察看回來，卻看到司空在院子裡打拳。看起來像是太祖長拳，只是讓司空使來，卻增幾許柔秀，然而姿態瀟灑，宛如玉樹臨風，看他拳法森然，顯見下了不少工夫，下盤極穩，呼吸悠長，並不是花架子而已。

她也會一點武術，不過是強身健體為主的，講究道家圓融之意。聽說是設立迷陣的高人傳給師父，師父又傳給她。真想要跟人動手，那是絕無可能，但想益壽延年，青春長久，那倒不難。

她心底一動。太祖長拳畢竟太剛猛，對他這樣體弱不甚合適。不如把這套無名拳法交給他，說不定還好些。

待他收拳，神情泰然從容，看向淡菊時，目中自信的精光猛然刺了她一下，待要看真，司空已經垂下眼簾。「淡菊姑娘。」

她微訝，但也安心了些。看起來司空已經走出來了。「司空公子使得好一手太祖長拳。」

「圖個強筋健骨罷了，不敢說好。」他眉眼間的鬱鬱已散，神情溫和，已經看不到柔弱的表情了。

她又更放心了些，「那司空公子有意再學一套拳法麼？只是這套拳法還講究吐納，有些麻煩。但養氣培本，頗有些功效。」

司空卻有些遲疑，「……需要拜師嗎？」他趕緊解釋，「我已有師尊，若再拜師則須稟明……」

「不用，哪這麼麻煩。」淡菊輕笑，「司空公子能武，再好不過。一味靜養，莫若動靜相宜。」

於是，除了學醫，司空又跟淡菊學這套無名拳法。整個冬天，他們都是這樣默默相伴，有時淡菊恍惚起來，會覺得司空已經來了很久很久，而且會一直留下來。

她似乎已經習慣司空在燈下讀醫書，雪白如玉的手翻著書頁。微微皺著眉，認真的表情。和偶爾抬起眼來，有些迷茫脆弱的眼神，看到她時會粲然一笑，滿室生光。

習慣他沉默的跟在後面的腳步聲，聽她指點講解藥材，談論相生相剋。也習慣了教他無名拳法，他也能盡解其中圓融之意，飄然如雪中寒梅。

也許就是太習慣了，等開春以後，她也沒再拒絕司空的幫忙，讓他陪著荷鋤藥圃。他總是將袍角繫在腰帶裡，和她一起勞動。甚至陪她一起牽著老驢下山，販賣藥材、採買，在他面前，她老忘了自己長什麼樣子。

每次動念想幫他安排個新的身分，送去適合他的地方，她總會輾轉難眠整夜，說服自己，再多留一陣子，再讓他多學一點。就算不為醫，也能自療。

但這日，司空笑吟吟的折了枝桃花，走來遞給她，美得令人忘記呼吸。他已經痊癒，殘毒也已清除。她的手術很成功，沒留太多疤痕。

這方美玉曾經破碎，她極盡所能，已經將之修復完整。但這玉，終究不是她的。

「司空公子。」她溫柔的說，「你的身體已經完全痊癒。或許你要送信歸家？」

司空臉上的血色褪了個乾淨，蕭索如春雪未融，「我沒有家。」

「……如果你堅持不歸家，或許我可以將你安排去江南……我師父在那兒有個摯友，為人寬厚，你這樣美質，他一定將你視若己出……」淡菊不敢看他。

手裡的桃花這樣艷，艷得像是火，幾乎要燒著她了。

「我哪裡都不去。」他臉孔慘白，眼神卻幽深，「淡菊大夫，我說過，待癒可即為妳的奴僕，要不，妳就把我賣了。」

淡菊侷促起來，「司空公子，何必如此……」她想了想，「不然，你拜我為師吧？我將所有醫術都教給你……」

「不！」司空怒吼，「絕對不！我絕不拜妳為師！」

她愣住了，「……為何？你不肯拜我為師，卻要與我為僕？」

司空的臉孔更慘白，低頭站在她面前，良久才毅然抬頭，拉住淡菊的手，按在自己胸口。

這瞬間，淡菊明白了。師徒為五倫之一，司空不願違背倫常。

她勃然大怒的抽回自己的手，恨不得搧他幾個耳光。但她從來不曾與人相爭，此刻只氣得胎記更為鮮紅，抖了好一會兒才罵出口，「莫這般輕賤自己！因為你輕賤的是我極為看重的人！」

她怒棄桃花，轉身就走。只是司空從背後用力抱住她，全身不斷的發抖。他的顫抖，引起淡菊的心酸。她雙膝一軟，跪坐在地。司空虛環著她，壓在背上，像是已經不禁負荷。

她的師父是空前絕後的女神醫，行走江湖十三載。醫療筆記堆疊甚高，畢竟她隱居後能做的事情也不多，這些筆記都寫得整齊，全是白話文，一看就明白。

當中有一冊專門記錄女性傷病，更是字字血淚，怵目驚心。當中一章她只看過一次，做了數日惡夢。

有些被迫失了清白的姑娘，往往如癲似狂，甚至有的自賤自恨，將自己賣進青樓，或被丈夫百般虐待也甘之如飴，奇模怪樣，不一而足。司空……居然符合當中某些描述，原本應該冷靜的醫心，卻徹底動搖了。

「你……別把自己的身體當作報恩的東西。」眼淚潸然從頰滑下，「你明明厭惡任何碰觸。能忍住我的醫療，已經是非常勇敢……」

司空全身一震，顫抖得更厲害，卻沒有鬆手。

「不要緊的，」淡菊喃喃的說，輕拍他的手背，「過去了。那不是你的錯，我已經醫好你所有的傷。你要珍惜自己，因為那是我費盡心血而來的……珍惜這段醫緣……才是對我最好的報答。」別再讓我心痛。

司空的手臂慢慢垂下來，仰天大放悲聲。

淡菊拭了拭淚，站起來，悲憫的遞手帕給他，卻被他扯住袖子，撲進懷裡。哭得像是個無助的孩子啊……這美好的少年。

他哭著說著，說他父兵部尚書郎遣他去仲春牡丹宴，就此落入三王爺的魔掌。被困在王船畫舫，求生不得、求死不能，到夏末時，雙目已盲，無法舉步，對他的看管才略略鬆弛。

最後他奮起一擊，藏劍殺了看守人，自沉江中，是希望可以死得乾淨。但不知為何卻在竹林甦醒，他盲目仗斷劍試圖走出竹林，卻在力竭時意外獲救。

驚心血淚，幾乎擊垮這個曾經意氣風發的少年。淡菊完全忘記醫者該有的離塵心，被他的悲哀徹底感染，偎著他的臉，混著淚。

他還記得，那雙溫暖的手，一聲聲哀傷的嘆息。他曾經怒罵慘呼到嘶啞無聲，甚至曾經痛哭哀求倖免而無果。他所有的尊嚴都被撕碎，早已被污穢到不堪聞問的地步。

日夜只有痛楚相伴，身心都再也無法負荷。

那雙溫暖有繭的手牽他走出黑暗，撫慰他的傷痛。溫柔低沉的給他新的名字，試圖彌補他破碎的自尊。

看到他被染污而傷痕累累的身子，卻只是一聲聲的嘆氣，帶著微微的心痛。一點都沒有嫌棄過他。

安慰他，鼓勵他。什麼都願意教他。他卻沒有什麼可以給的……命是她給的，一無所有。既然人人都說這相貌好，那他也只有這個可以給。

「……我什麼都可以給妳！命也可以，什麼都可以！」他緊緊抱著淡菊的腰，「只要妳還願要……我不要離開，我絕對不要離開……」

淡菊冷靜了些，撫慰的拍著他的背。師父似乎說過，這是種創傷後症候群。

現在的他，真的引人憐愛。

「哭出來、說出來就好了……」淡菊安慰著，「我在這裡。」

＊　＊　＊

哭過那一場，司空小病了一陣子，見到她似乎非常羞赧，總不好意思看她。淡菊卻不提那天，只是細語寬慰。

幾天後，司空可以起身，淡菊卻在百花殺亭發愣。

春天百花齊開，菊圃那兒卻不怎麼有花。司空一路尋去，只見淡菊撐著臉頰，面前一杯已涼的槐角茶，心神不知道到哪去了。背倚著那根柱子，上面正是「衝天香陣透長安」。

他一直覺得，淡菊的身上是香的，藥香。各式各樣的藥材，長久這樣接觸，已經深深染在她的身上、心上，即使沐浴出來，也還是帶著若有似無的藥香。之前看不見的時候，就是靠她的藥香分辨。

她總說，自己長得不好。的確，初見時他嚇了一跳。但相處了兩個多季節，他倒想不起來最初幻想中的淡菊該什麼樣子。

偶爾他和淡菊下山，見到街上女子，反而覺得她們面白得怪異，日後才恍然，她們少了淡菊臉上的豔紅胎記。

淡菊就是淡菊。也沒什麼長得好、長不好。是他願意為奴為僕侍奉的人，是他願意什麼都給的人。是他……不怕被觸碰，甚至會起朦朧心思的人。

他被折磨到最後，已經麻木了，再猛烈的春藥也沒能讓他起反應。默默的，他站在百花殺亭外，看著淡菊，和她周遭靜謐的氣息。

她抬頭，才看到亭外的司空，她很想笑一笑，但心思沉重，滿懷不捨。她依舊先嘆了口氣。「才剛好些，怎麼又站在那兒吹風？」

司空提袍進亭，坐在她身側。

「司空公子……」她悲感一笑，「應該喊你劉慕青，劉公子。」

他的臉轉瞬蒼白，眼睛轉看地上，「……我不認識那個人。」

淡菊靜了靜，「……三王爺因為謀反已伏誅。」她又沉默了一會兒，

「他謀反的罪狀是兵部尚書郎劉大人蒐羅的。就在去冬……大雪封山的時候。」

他沒有說話。眼神卻漸漸哀戚。

「劉大人不是不想救你。」淡菊慢慢的說，「他根本不知道你在哪。你不見以後，他鍥而不捨翻遍京城，幾乎地掘三尺。卻不知道你已經被綁去王船，順流而下……等他知道風聲，以為你已死……」

司空還是沒說話，只是將臉別開。

「大仇得報，但劉大人卻積勞成疾，劉太夫人已於去年夏末，憂愁而亡……」她的聲音慢慢低下來。

他終於沒忍住，跪了下來，「奶奶！」熱淚洶湧，「孫兒不孝……」

淡菊無聲的嘆息。司空……劉公子還有掛念他的家人，他未來會好好的。殘害他的三王爺已經讓劉尚書弄死了，再也沒有其他人知道他那不幸的過去。雖然不捨，但也算是善始善終。

劉慕青親筆寫了家書，等待家人來接的那幾天，淡菊待他特別和藹，即使牽手擁抱也沒有拒絕。她知道，他害怕，前途茫茫，不知道家人會怎麼對待他。

行百里，半九十。慕青方寸已亂，她不能心慌，更不能被不捨壓垮。

那天山下醫館鳴來客鐘，她親手攙了慕青下山，走出迷途。見了在竹林外焦急等候的老僕，他卻怎麼也不肯放手。

淡菊指著掛著石磬的道旁，「你還是可以來。不用麻煩醫館，擊磬我就會知道。你是滿百的有緣者，我能請你進來喝茶。」

「……妳等我。」慕青緊了緊手，「不要嫁別人。」

她皺起眉，有些愁苦的笑，「劉公子，你開玩笑嗎？」

他不答言，手越握越緊，「我是司空，不是劉公子。」

看著他固執的眼神，淡菊攏了攏他的頭髮，點了點頭。沒有說出口的是，我誰也不嫁。

一步一回頭的，司空……慕青走出她的視線。

她突然覺得，整個竹林這樣的空曠、寒冷。像是她師父解釋過的「廣寒宮」。

但她不是嫦娥，也不會碧海青天夜夜心。

第五章

只是，她沒想到，她自以為善始善終，卻還是誤解。

若不是她深深感嘆，中夜方眠，還睡得很淺，說不定就死於非命了。

等她看到窗紙泛紅時，起身察看，才發現整座竹林已經著火，焚風一吹，讓她嗆咳不已。

為什麼？莫非結滿醫緣，這陣就不保了？為什麼二十幾年來堅固沉默的迷陣，會在一夕之間起火？

她倉促的背起醫箱，搶救了手術器械，還想搶救師父的手記時，那頭滿山亂逛不歸家的老驢，已經踢破門衝了進來，脾氣很壞的對她長鳴，扯她衣角，幾乎扯破她的衣服。

「師父的書！師父的家……」她慘呼。

老驢堅決的將她拖出去，火舌已經非常近了。她哭著翻身上驢，從來沒想到這頭老驢還能撒蹄狂奔，甚至比馬還快……牠輕巧敏捷的跑過淡菊採藥走出來的山道，翻過另一個山頭，一直跑到濱水碼頭，才力竭的倒下死去。

她抱住老驢的脖子，心底空蕩蕩的。茫然抬頭，這麼遠了，還可以看到遙遠的西方，天空通紅。

她的家、師父的墳、她的迷途竹林……都沒有了。

直到天亮，她憔悴的上了師父老友的家，這是個情報販子——師父說的。就是靠這位當鋪老朝奉，她才取得慕青的所有資料。

老朝奉大驚失色的要她快逃，免費告訴她一條消息。

在失去一切的此時此刻，她也失去司空……劉慕青。

那把火，就是他父親令人放的。現在還有千百兵馬在山下戒備，怕淡菊沒死，讓她徹底閉嘴。

她用力的閉了閉眼睛，才熬過那陣暈眩。

那天，她第一次蒙上面紗，背著一個藥箱和老朝奉送她的幾十兩銀子，搭船離開了住了一輩子的隨州。

之後她再也沒有回來。即使只是搭船經過，她還是會湧起強烈的心痛，想起她失去所有一切的那個夜晚。

那個夜晚，夜空多麼豔麗緋紅。老是讓她想起司空頰上的絕艷霞暈，然後感到劇烈的疼痛。

* * *

她在夢中醒來，淚水沾溼了臉頰。

這就是，創傷後症候群。她默默的想。兩年時光匆匆而過，她居然還會夢見那一夜。夢見司空的不捨，和燃盡一切的空虛和劇痛。

其實，這兩年她過得還不錯。經過幾個沿海州縣，有一點點薄名，卻不太顯眼。她不是師父那種才貌皆驚世絕艷的女子，甚至連大夫都不願意做。她是地位更低的醫婆，只看卑微的女性。

她也串鈴過街，臉上蒙著面紗，騎著騾子。師父曾經興起，說了一套精神解析，很是荒謬。但她不得不承認，還有那麼點道理。她穿得極樸素，甚至刻意捆胸，不露出一點女性的模樣。連座騎都選沒有性別的騾子，極力迴避任何可能性。

就算入內室取下紗帽，她臉上還是蒙著面紗，只露出眼睛，因為她要看診。

這個年代的醫婆通常很愚昧，被歸入三姑六婆之列。像她這樣讀書識字，能開藥方的醫婆很少。她低調、沉默，反而很受姑娘和太太的歡迎，在女人狹小的圈子裡口耳相傳，收入並不比名醫差。

而原本對金錢很淡漠的她，這樣一州一縣的流浪，實在是想尋找師父那位雲蹤不定的高人朋友。她只見過一次，鬚髮俱白，面目卻無一絲皺紋的軒轅真人。

真人無可奈何的指著她，對她師父說，「我替妳設迷陣，卻結果在妳小徒身上。」

是結果了。她因此負了深深的痛苦和內疚。她想尋找到軒轅真人，不管要求多久。請他再次幫她設迷陣，讓她重建師父的小築、藥圃，和百花殺。她行醫收費，就是為了達到這個目的。

她記得師父的每句話、每個字，她可以的。反正她的時間很多，最少還有幾十年的時光。而且她一無所有了。

她曾仔細的問過自己，是否恨司空？其實她該恨的，卻只湧起悲哀和柔情。他方寸早亂，又只是尚書郎公子，不是尚書郎。又怎麼調動兵馬、放火焚山？想殺她滅口，機會多得很……但司空不會動她的，她懂。

她並不是愚昧天真的少女，心境早已滄桑。她能明白尚書郎的憂慮和決心，雖然不能原諒。是她沒學會，明明師父已經錯過了，她卻踩著師父同樣的錯誤，錯下去。

無力復仇，也無心復仇。她只想遠遠的離開這個世界，遠遠的。找到軒轅真人、重建迷陣，是支撐她活下去最主要的原因。

至於司空……她連想都避想。身為一個醫者，她卻如此懼怕那種強烈的心痛。

但不是她不想就能避開。不管走到哪裡，市井鄉談，或是深閨內院，她總是不斷的聽到「劉慕青」這個名字。

說他詩名冠京華，飄然若謫仙。說他考取功名，說他成為探花郎。說他遊街時，京女效魏晉遺風，向他投花，他取了其中一菊簪於冠上……

說他文武雙全，親擒意圖刺殺兵部尚書的刺客。說太后有意招他為駙馬，皇帝卻說慕卿乃國家未來棟樑，不該讓天家女驕縱待之，讓他任意婚配，非常優寵。

說他封為執事郎，為皇帝智囊，擬詔獻策，來日必有大用……

聽著聽著，她恍惚起來。他說對了，司空不是劉慕青。她只認識傷病哀痛的司空，不認識意氣風發、風流倜儻的劉慕青。

但也好、也好。既然司空已經消失，劉慕青應該從此再無風雨。她可以放心想念司空蒼白而鬱鬱的面容，回憶他的一言一行，如玉的手，翻書頁的聲音，緘默的陪伴。

記住她那柔軟的心痛，和他無助依賴的神情，足以讓她慰藉無盡孤獨寂寥的後半生。

*　　*　　*

聽說軒轅真人在海塘施藥救人，淡菊急忙趕去的時候，真人早已離開。長久的失望，終於讓她落淚，濡溼了面紗。取下紗帽，她愣愣的看著真人施藥救人的大青石，一點一滴的陷入絕望。

「姑娘？」一個擺渡的舟子猶豫的喊，「請問妳是花相之徒嗎？」

淡菊悚然一驚。她的師父名為李芍臣，世上唯有軒轅真人喚她花相。

「……是。」

舟子晒黑的臉咧嘴一笑，「老神仙真厲害哪！他說會有個蒙面姑娘約十七、八，會到這裡來。要我帶話，說讓妳看看石頭後面的天書，就都明白了。」

她轉到後面，如臥牛般大的青石後，龍飛鳳舞三個字，「靜待之。」

這是說，真人會再回來麼？

在長久的失望接近絕望中，她終於看到一道曙光。她又哭又笑，將身上帶的碎銀都要給舟子，他卻堅決不收。「老神仙給我帶話，是給我添福祿，哪能收呢……」

最後在淡菊的堅持下，他取了最小塊的銀角子，說當個憶念，給他老母添添壽。淡菊放鬆下來，笑得雙眼彎如明月，受盡了三年鬱結的折磨，她終於能開懷一笑。

她步履輕快的翻身上騾，戴上紗帽。

卻沒注意到渡口有雙美麗的眼睛，充滿殺氣的凝視著她。

「海塘」是人工修建的擋潮堤壩，主要分布在江浙，從長江口以南，至甬江口以北，歷代修築，大明朝尤為重視。

淡菊所在的海塘，卻指的是錢塘江口。錢塘觀潮極為有名，時人稱

「錢塘潮來天下白」。難得放下沉重的心事，淡菊先去衙門裡換了路引，登記暫時居留，就走了出來，信韁走騾，一路聽著吳儂軟語，一面要問路往錢塘江口而去。

師父說她行走江湖最煩的是雜七雜八的方言，悶得她都得雇通譯行走行醫。士大夫和讀書人多能講官話，所以她來往多為士人，其實不是附庸風雅，而是苦於言語。

淡菊常覺得自己什麼都不如師父，只有語言這塊一枝獨秀。她學什麼方言都不花力氣，半天能懂，三天就可對談如流。不像她師父，跟她學了三年粵語，頂多只會說食飽沒。

她正遊覽沿途風光，時值初夏，桃花尚未凋盡，杏小葉濃，滿眼鮮綠。或許是她心境歡暢，眼前的景物也跟著可愛起來。只是紗帽加上面紗，實在太熱。她偷偷地取下面紗，清風徐來，她瞇著眼睛享受。

卻見塵土飛揚，一隊人馬在她眼前勒韁，她正要避道，卻被攔住。

「姑娘，可是醫婆李淡菊？」帶頭的大漢一抱拳。

「不知壯士有何貴事？」她微側臉，警惕起來。

大漢將面官牌遞來，「小的是新赴任江蘇州牧大人的家將。大人的家眷突發重病，此刻還在江上，不敢靠岸……但大人家眷禮教甚謹，寧可病死也不讓大夫看病。適才小的去衙門先告知大人將晚至，剛好聽聞有醫婆換了路引，這才急追而來，驚了李姑娘，且莫見怪。」

不敢靠岸？莫非是傳染病？淡菊心頭一驚。連忙問，「有什麼病癥？」

大漢連連苦笑，「李姑娘，內外嚴防，小的的確是不知道。救人如救火，能否請您先去瞧瞧？」

她點了點頭，策騾隨他們而行。急奔半日，才到江岸，已有小舟等待，官船泊在江心。

換舟登船，她一路急走，一路吩咐要了滾水和布巾，一面問病癥。結果每個人都說得含含糊糊，她急得想跳腳。

「月事來否？」她問。

小丫頭一臉尷尬，「……無。」

「多久了？幾歲？」她想著是否跟婦科有關。

「二十一……從無。」小丫頭低下頭。

聽起來非常嚴重。她掀帘而入，待水涼些拿下紗帽，仔細洗手擦臉，拭乾了手，她走近低垂著床帳的繡床，想到忘記戴上面紗，只好以袖遮顏，「夫人，醫婆李淡菊請脈。」

過了好一會兒，一隻用紗帕蓋著手的手腕伸了出來，溫潤如玉，卻只有寸許肌膚露出衣外。

這夫人頗樸素，單衣竟然無花無朵。她微訝，還是肅容把脈。

不對……這是男人的脈象！

她急縮手，帳裡的人卻比她更快，一把攢住她的手，暴躁的撕掉了床帳。臉色蒼白，眉黑如墨的司空，雙眼燃著熊熊怒火，讓他雙頰染上淡淡的紅。咬牙切齒的瞪著她。

「放下妳的袖子！」司空對她大喝，「有什麼我沒看過的？」

這是劉慕青，不是司空。

「你居然騙我。」淡菊用力甩手，卻沒甩掉。

慕青用力拿開她的袖子，瞪著她。「……本來我想，妳無情來我便休。」緊緊抓住她兩隻手，「但我辦不到……辦不到！」

淡菊氣急敗壞，她一生溫文，沒跟人動過手。流浪江湖又極為低調沉默，更沒有惹麻煩的機會。想罵兩句，不知道該罵什麼。學過一點武藝，要打什麼地方，又想到他遍體鱗傷。

她只能死命的掙，慕青架著她，手勁放輕些，卻倔倔死死的不肯放。正對抓著，船身搖晃，重心不穩，身一傾，撞倒了臉盆架，嘩啦啦的一陣大響。

剛有個人探個頭，慕青暴怒的吼，「滾出去！都不准進來！」

淡菊像是兜頭淋了盆冷水。她總是忘了，劉慕青是兵部尚書家的公子、衙內，現在又是採花郎。不是讓她心生憐愛的司空。

「劉公子，」她停止掙扎，「請您自重。」

「……是妳去探聽我的來處，是妳要我回家的！」慕青又驚又怒，「妳說的每個字我都記得，我都會去做！我是那種負心人嗎？在妳眼中，我就是那種奸險下賤的負心人?!讓妳怕得得燒山逃走，怕我遣人去殺妳？妳不允婚，直言就是！我願結廬迷途之外，默默守著妳！妳為什麼、為什麼……」

「我放火燒山？」她一臉不敢相信。

「我記得妳說的每個字。」慕青絕望的收攏手指，「妳說妳師父在隱居前救的最後一個女子，卻差點殺了她。妳在點醒我，是不是？」他咬牙，眼眶通紅，「在妳眼中，我原來這樣不堪！」

慕青原本就暗暗打定主意，想回家看一看，安慰父病，在祖母靈前守孝，孝滿就想回到迷陣小築。

待與病父相見，恍如隔世，抱頭痛哭一場。知道他的打算，驚問何故。他躊躇再三，和盤托出，泣訴無顏為劉家子孫，願從族譜中除名，甘為淡菊之奴，終生回報大恩。

他的父親沉吟，再三詢問，知道是女神醫李芍臣的徒兒，神情鎮定下來。說，「我曾是李神醫的傷患，沒想到父子與她師徒同緣。既有此佳婦，為父者定奏明聖上，容我出京親聘之。」

慕青原本不肯，直呼唐突。但是他的父親說服了他，說讓一個女孩子孤老山中，任誰也不忍。若是淡菊點頭，自然鄭重聘之。若是她不願意，也必接來尚書府，認為義女，好好照顧。

劉尚書郎真請准了聖上，抱病出京，帶著數百親兵保護安全，奔波勞累，回來卻告知慕青一個晴天霹靂的消息。

「……沒想到其徒肖其師，如此倔強！」他的父親嘆氣，「寧可燒山而去，也不與官家人有瓜葛。當年她的師父脾氣已然暴躁，哪知她徒兒更是絕然！傳言她懼禍而去……」

那個時候，慕青覺得心整個停了、死了。他不敢奢望淡菊願意嫁他為妻，畢竟沒有任何人比她還清楚他曾被污到什麼程度。

只是希望，只是希望……她願好好跟他說話，能夠跟在她身邊。但是……淡菊居然把他想得那麼不堪、下賤。像是不只是身子已經污穢，連心靈都髒臭不可聞問。

有段時間，他縱情聲色，卻覺得已經死去的心暖不起來，徒增自厭。有段時間，他常駐佛寺，希望得到片刻寧靜，卻只想到淡菊闔目虔誠的面容在他眼前不去。

最後他偶救了一個差點中暑暴死的路人，才覺得胸口有些暖氣。他還欠淡菊一個承諾。

所以他才踏上科舉仕途。他很明白，他的醫術還不足以成為良醫，但良醫終生或許救助千人，良臣終生卻可救數百之倍。

妳若無情我便休。他鬱憤的想著。但我答應過的事情，誓死不改。

當執事郎，他盡忠職守。皇上把他外調到江蘇州牧，就是打算破格起用他，他也無視妒恨的許多目光，面若沉水的接下來，沒有推辭。

若不是輕裝簡從的先行上岸賞景，他也不會看到淡菊。即使蒙著面紗，她的眼睛，周遭靜謐的氣息，若有似無的淡淡藥香……他是絕對不會認錯的。

休不得，不得休。光看她對別人笑得那麼真心、那麼歡，他就說什麼都不得休！他馬上令人去跟蹤她，就是騙也要把她騙到無處跑的地方。

不管怎麼樣，都要給他一個說法！

「妳說！說啊！」慕青吼著搖了搖她。

「……原來劉尚書就是『趙公子』。」淡菊苦笑兩聲，「我該說什麼？說『趙公子』是我師父第一個有緣病患，所以能入迷陣燒林？你該相信我呢？還是相信你父親？」

慕青睜大了美麗的眼睛，出現她熟悉的無助和茫然。這一刻，讓她感到溫存，卻又極為感傷。

輕嘆一聲，淡菊抽回已經被握紅的手腕，轉身要走。慕青又從背後抱住她，倒退著坐在床上，硬把她按在膝上。臉孔埋在她的後頸窩，不肯抬頭，手臂還是圈著她。

總覺得他柔美秀雅，忽略他是男子。幾年不見，已經不似當年青澀，透出成熟嚴厲的氣息了，比她高出一個頭，也強壯許多。

但與之相對，他又像是回到三年前，露出無助神情的少年。

「……你還是相信你父親吧！」鎮靜下來的淡菊輕聲勸著。

慕青在她後頸窩猛然搖頭。「我……跟妳走。去哪，都好。」他打了個寒顫，不怎麼明白這幾年是怎麼過去的。向下看，胸腔空空的，沒有心。直到現在，淡菊靠在他懷裡，他才覺得有暖氣，心才回來、會跳了。

「朝廷不是你家廚房，說來就來，說走就走？」淡菊放緩語氣，如當年般哄著，「我知道你。就算怎麼生氣……或是怎麼樣，你都不會碰我一根手指頭。你在我心中一直是很美、很善良、很堅強的人。」

或許，他最想聽的就是這個。淡菊相信他。相信他絕對不會傷害她。

「……留下來。」他細聲懇求。

「你父親不會饒了我。」淡菊淡然的說，「我不要看你左右為難。」

「不是因為不想留下？」他的聲音更小，收攏的雙臂輕輕顫抖。

其實，應該跟他說，我對你無意，我也不想留下。或者更狠一點，說我討厭你、不喜歡你……

但她一直沒學會怎麼說謊。

「我……我常想起你。」她噙下眼淚，「想的次數比師父多了。」

後頸窩傳來一聲輕泣，慕青幾乎要把她擠碎，抱得非常緊。但她沒掙扎，或許是心底太淒涼，再怎麼緊都能忍受。

但他的父親，燒了迷途小築，而且想殺她。這位「趙公子」跟她師父情怨糾葛，纏綿半生，更不可能放過她。

她的師父李芍臣，在醫術上驚世絕倫，地位崇高，外科獨步天下。但情路之坎坷淒慘，只徒添紅顏薄命之慨。

說起來，她的師父是個非常勇敢的多情人。但她的心願卻是那麼卑微：一生一世一雙人。可惜傾心於她的男子眾多，卻沒有一個能夠做到。

她十五出嫁，嫁給從師於李神醫的師兄。師兄家中殷實，身有秀才功名，醫術醫德皆佳，似乎是良配，師父說，其實她也是喜歡的。

但是第二年，抬入了二姨娘，第三年，又抬入了三姨娘。芍臣質問，師兄理直氣壯的說芍臣無出。她立刻留下和離書出走，年方十七就開始浪跡天涯，四處行醫。

她和師兄的糾葛至死方休……待丈夫病死，她也鬱鬱寡歡的避世隱居。是她行走江湖時的摯友軒轅真人憐憫，說她還有二十年塵緣，不該孤老，所以替她設立了迷陣迷途。

而「趙公子」，就是第一個踏上迷途的傷患。那時芍臣年已三十一，卻嬌豔如怒放牡丹，正是最盛開之時。「趙公子」箭傷傷了心腑，眼見不治，是芍臣極力搶救才回生的。

趙公子雖為文臣，也是儒將，二十有五，還未娶妻。英雄美人，當時就互相傾慕。他答應了「一生一世一雙人」的承諾，帶著芍臣回京，卻瞞著她，先娶了相府小姐。

待芍臣知道，怒碎定情玉釵，拂袖而去。自此再也沒有離開迷途。趙公子來尋她幾次，力陳她乃寡婦再嫁，只能委屈妾室，但這樣剛烈女子哪聽得這些廢話，將他轟走。

這事鬧得沸沸揚揚，芍臣救人無數，早成街頭巷尾的傳奇女子。京城傳出此事，天下嘩然。皆以「第一負心人」視趙公子，還有數齣雜劇搬演，趙公子因此仕途遲滯，屢屢被參，與相府千金頗生嫌隙，直到孩兒出世，風波才平息下去。

「又出了你這事兒……」淡菊苦笑，「你說趙公子和我師門的仇隙解得開麼？」

經過三王爺的事情，淡菊已經對這位「趙公子」有了基本的認識。這人睚眥必報，手段絕然狠毒。師父還在的時候，他沒動手，定是對師父舊情難忘。但師父既然已經死了，他既不能忍受還有人知道愛兒被辱的祕密，更不能容許歷史重演。讓他知道，淡菊恐怕百死無生。

「我不會讓任何人傷害妳。」慕青嘶啞的說，依舊埋在她的頸窩。

「……放我走吧。」淡菊低聲說。

「不，不要。」他煩躁起來，「我什麼都不要！官也不做了，都不要了！妳要走也可以，妳殺了我吧！我一定不會抵抗……隨便妳怎麼對待我……」

虎口一痛，淡菊用力的在他兩邊虎口各掐了一下。他大口大口的喘氣，覺得頭痛欲裂。他不敢相信，但也已經相信，卻害怕相信。

父親居然想殺淡菊，並且欺騙他。到底父親還說過多少謊話？母親驟然病死，是不是真的？

仲春牡丹宴……是巧合，還是父親的算計？

縱情聲色的三王爺根本沒有謀反。直到他成為執事郎，接觸某些機密，他才知道是聖上震怒三王爺敗壞天家面子，屢傷百官大臣之子，幾乎激變，才忍痛掩以謀反之名殺之。

原本已經建立起來的秩序和信賴，似乎又漸漸崩解。

只有懷裡這個女子，才是他可以全心信賴，對他沒有要求，也沒有算計。時時想著他，顧著他。

「穩心，不要亂。」她平靜溫柔的聲音熨燙著，「不要怕，我在這兒。」

他嚥了嚥乾澀的喉嚨，「不要走。」

「……我會在海塘留一陣子。」淡菊低頭，「別哭，慕青……別哭。你已經是一州之牧。」

師父，為什麼妳走錯的腳步，我也跟著一步步走下去呢？

「我不走。」她苦澀的笑了笑，「好的，我不走。」

＊　＊　＊

淡菊隨他進城，身分是貼身丫鬟。

慕青非常不高興，甚至發火。一路上都抿緊了薄薄的脣，看起來更為嚴厲。雖然淡菊已經明白，除了待她以外，慕青對別人都非常冷淡，無分男女。但騎騾跟在後面，看著背挺得筆直，氣勢森然的慕青，還是讓她有些恍惚。

但淡菊主意一旦拿定，就不再有絲毫動搖。她已經將整個事情都想清楚了，也問明白了自己的心。生死之別，為醫時早已看淡，若遭不幸，只能說生死有命。慕青外觀看起來似乎完好，心病卻沒有真的痊癒，所以離不開她。

至於她……她也捨不下。

前途遍布荊棘，她的師父早已探過路。她既然要走下去，那就坦然緩步，無畏無懼。

不管是慕青徹底痊癒，不再需要她，還是「趙公子」發覺，將她殺害。她這段路途已經盡心盡力走過，無愧於心。所以她反而不再憂愁鬱結，能夠微笑以對了。

「妳絕對不該是我的丫鬟！」等到了內室，慕青發飆了，「妳是我唯一想娶、會娶的人！」

淡菊平靜的打斷他，「你為一州之牧，背親娶妻，視為忤逆，御史可以彈劾，聖上可以加罪。你已經很惹眼了，別多加這一條讓我煩心。」

他一時語塞，垂首想了許久，卻覺得是死結。他無法稟明父親，說他要娶淡菊。他不敢想像，等來的會是什麼。但猶不甘心的說，「聖上讓我自決婚配。」

「可不是讓你不稟父母。」淡菊輕笑，「反正我習慣了。記得不？連飯都等我餵，讓你自己吃還生氣。」

慕青雪白的臉頰泛起霞暈，「那是……那是妳生了我的氣，走出去不管我了。我以為妳永遠不管我了……」

她咽喉像是哽了些什麼，好一會兒才能說話。「放心。我會一直在你身邊，直到你娶妻娶妾，我才會離開。不然連死都會死在你跟前。」

「胡說！」他立刻變色，「不准再說！絕對不會有那種事情……」

「做什麼這麼緊張？」淡菊笑著說，「不說就不說，我安靜點就是。其實我不在意名分，你要我不走，我答應了你，什麼身分都不重要。」

慕青露出迷茫的神情，遲疑了一會兒，俯身抱住她。他的頭髮又滑又多，綰久會頭疼，在內室早已放下，有些如瀑黑髮垂到她臉上。

這還是第一次，慕青清醒的、正面抱她。淡菊有些笨拙的抱住他的腰，慕青卻開始顫抖。

真的沒有痊癒啊……他還是會怕。淡菊安慰的在他背上滑撫，「……我聽說劉公子風流倜儻，青樓揚名呢！」

他抖得沒那麼厲害了。「那、那是，我以為……妳討厭我了……我沒讓人抱過我。」他的聲音越來越低，幾乎聽不見，「再不會了。也、也只讓妳抱……」

「劉州牧，你聲音太小。」淡菊打趣他。

他低低笑了一會兒，用嚴肅正直的聲音說，「再不會流連青樓，夫人饒我吧！」

淡菊也笑著貼在他胸口，聽他有些快的心跳。

「淡菊……」他的聲音含糊。

「嗯？」她抬頭，慕青盯著她的臉，看她的眼睛、鮮紅的胎記，和唇。那是一種熟櫻桃的顏色。

鼓足勇氣，他低頭，將自己的脣壓在淡菊的脣上。她嚇了一跳，下意識的想躲，卻被他的手扶住。

兩個人都閉著嘴，脣壓著脣，各自冒汗。

好一會兒，淡菊才發現自己一直屏住呼吸，稍微張嘴喘了口氣，卻被慕青趁虛而入了。但他也很遲疑、猶豫，像是不知道該怎麼辦。淡菊也一點經驗都沒有，只覺得腦袋都矇了，碰到了幾次牙齒，才誤打誤撞的交觸舌尖。

慕青全身一震，壓迫似的擠開她微開的牙關，有點粗暴又笨拙的予取予求，手不知道該放哪兒，只是無助的揉著淡菊的背，她只覺得心跳快要跳出嗓眼了。

等他們氣喘吁吁的分開，慕青頂著她的額頭粗喘了一會兒。「……原來，不噁心。」他邊喘邊細聲說，「以前，想吐……」

這卻把淡菊的淚逼出來了。

慕青馬上慌了，「不、不，我喜歡，很喜歡……」他露出那種迷茫無助的神情，「是妳，就喜歡……」

淡菊點了點頭，把臉壓在他胸口，痛哭起來。

抱著她，慕青靜了一會兒，「妳……心疼，是嗎？」

她沒說話，只是揪著他的衣服，淚如雨下。

第六章

天還沒亮，淡菊就醒了。

慕青都起得很早，天色微微發光，就要起床準備去衙門。所以淡菊都比他早起一點兒，就跟以前照顧他一樣，只是不用烹藥了。

小心翼翼的將手從慕青的頸下抽起，他卻迷迷糊糊的摟住她，「……昨晚我有沒有推妳？」

「沒有。」淡菊細聲，「你睡得很好，再睡一會兒。」

得到保證，他才昏昏的閉上眼，又睡了。

自從跟慕青進了城，他就怎樣都不肯把她安置在其他地方，甚至像個丫頭一樣睡外間都不成。

若是可以，他想日夜看守似的……但他們共床第一夜，半夜驚醒的慕青卻把她推下床，顯見沒有睡醒，眼神充滿恐懼和厭惡。

她只是受了點驚嚇，等清醒點她哄著，「別怕，我這就出去……」

聽到她的聲音，慕青終於清醒，立刻撲過來，「不不，是我睡迷糊了……對不起，淡菊，不要生我的氣……我不是故意的……」一面心慌意亂的吻她的臉，不斷發抖。

「不要緊！不要緊！你不慣與人睡。」淡菊拍撫著他的背，「你睡，我看著你。」

他卻倔性發作，半夢半醒的鬧了場脾氣，淡菊只好依著他躺下。日後起床，慕青都問同樣的問題。

她覺得好笑，又覺心酸。「以前沒我的時候怎麼辦？」

「喊幾遍妳的名字，也就覺得能過得去。」他淡淡的，「現在不行，要看好。」

點了小灶的火，她一面燒水，一面熬粥。早上慕青吃得簡單，一碗雞蛋粥，幾盤鹹菜，就是一頓了。她的廚藝只講究養生，也不怎麼美味，但慕青只吃她做的早飯，若是廚子做的就會抱怨。

應該說，他的事情，除了讓淡菊經手，別人都會埋怨。

雖然有其他丫鬟，但他都不要在跟前。他只要也一定要淡菊服侍他盥洗，幫他穿衣梳頭，和她一起吃飯。然後淡菊一定要送他出二門，不然會一整天都鬱鬱，像是個非常任性的孩子。

「不要太晚回來。」他叮嚀，「回來看不到妳，我很難過。」

淡菊幫他整理衣襟，「好。沒什麼病人我就回來。」

他皺著眉，「其實……」

「你不在，待在家裡很悶。」淡菊耐性的解釋，「這兒天氣太溫暖潮溼，不利藥圃。而且我也不能在後衙開藥圃。」

「好吧。」他嘆氣，才轉身，背挺得筆直，從她的「司空公子」，變成「劉州牧」。

等看不到他的背影了，丫頭才差不多起床。吩咐她們打掃洗衣，淡菊就蒙上面紗，戴著紗帽，去衙門附近的孫氏藥館坐堂。

說是坐堂，其實出診的時候多。海塘城是江蘇州牧所在地，是個大城市。但排得上號的醫婆幾乎等於沒有。

這位李姑娘年紀輕輕，卻斷脈開方又準又犀利，幾乎把醫館所有的大夫都比下去。幸好她是醫婆，只管看婦女，同樣坐堂的大夫才多有尊敬，少有猜疑。

自從她自薦於孫氏藥館以後，孫氏藥館幾乎一躍成為海塘城婦女病的權威了。而真的忌諱到非醫婆來看的，都是高門大戶、禮教森嚴的家庭。病號不多，打賞卻厚。

若不是所占時間不多，慕青是絕對不會肯的。

每天要回衙的時候，她還是會繞去大青石看一看，再看一次「靜待之」。的確，她什麼都願意順從慕青，但不認為會跟他一生一世。只是慕青如此依賴眷戀，而她也依從自己憐愛疼惜的心，並沒有任何怨懟。

但必須離開的時候，她還是有可以做、該做的事情。

所以，她還是當著醫婆，她還在等軒轅真人的消息。既然真人要她靜靜等待，那她就會等。

只是哪一個先到終點，她就不知道了。到時候該怎麼辦，她也還沒有主意。

她回來的時候，晚霞滿天。

走入內室時，倚在榻上看書的慕青坐直，微微噘嘴，「這麼晚。等妳吃飯呢。」

那個背挺得筆直，冷傲嚴厲的「劉州牧」，又變回她的「司空慕青」。總奇怪他怎麼都不會搞混。

她輕笑著，遞給他一手帕的桂花。「高老太太給的，我記得你愛這味兒。」轉身去小廚房盥洗，他哼哼的跟在後面，嘟囔埋怨，說他回來想淨臉都沒人理，很可憐之類的。

「丫頭那麼多，喊一個就是了。」她還是擰了條巾子，先替他擦臉。

「不要她們。」他閉著眼睛，微微彎腰方便她擦臉，「我只讓妳碰……」

淡菊紅了臉，卻沒說什麼，只是也給自己擦了臉，「我去傳飯吧。」

「叫她們傳去就好。」他沉聲喊了傳飯。

慕青幾乎把她的時間全部占滿，一點空隙都不給。她有時都好笑起來，師父和慕青，其實這點相當像。

師父常說，「淡菊真是好過頭了，怎麼樣都不生氣。圍著妳嘮叨、要妳做這做那，沒見妳皺一皺眉頭。天天在妳背後嗡嗡叫，妳都這樣好性兒。」

她總會害羞的笑，「我喜歡師父，喜歡陪師父。」

師父會哈哈大笑，擰擰她的臉，咕噥為什麼淡菊不是小子，或是師父不是男的，然後遺憾她對閒百合一點點都沒興趣。

她也喜歡慕青依賴她，黏著她。才覺得壓抑得很深的感情有地方可以宣洩。淡然冷情只是一層薄薄的殼，保護自己的殼。

對那些喜愛她的人，她是沒有半點自我保護能力的。

甚至，她也很喜歡每天替慕青沐髮擦背，看他矯健修長的身體坦然在她眼前。目光朦朧，頰上霞暈。

往往洗浴後都要長吻很久，慕青才會粗喘又鬱悶的倒在床上滾來滾去，滾到差不多冷靜下來，才招手擁她共眠。

「孩子是庶出，不好。」他埋在淡菊的頸窩，悶悶的說，「妳的孩子不可以是庶出。」

那可有得等了。淡菊默默的想。不過她是個相當克制堅忍的人，這樣的甜蜜生活已經覺得超過她應該擁有的。

但身為醫者的理智，又讓她冷靜的建議，「我知道有藥可以讓孩子暫時不來。」

慕青在她頸窩低吼一聲，「別誘惑我啊！淡菊！」

「我沒誘惑你呀？」她有些莫名。

「……那妳怎麼不試一下呢？」他更鬱悶了。

不過，慕青還是沒試圖把淡菊變成他的。淡菊知道，他在州牧的位置上，得到了樂趣，每天都做得很有滋味，開始覺得出仕不是壞的選擇。所以他開始貪心，渴望可以跟淡菊成親，生下的孩子都會是劉家的嫡子嫡女，他現在有能力庇護一個家了。

除了這個以外，淡菊隱隱覺得，似乎還有個藏得很深的結。不過，她畢竟未經人事，而她的師父，也還來不及教她這樣複雜曖昧的情事。

* * *

這日，慕青有宴，月至中天方歸。

酒氣濃重，臉孔卻依舊白皙，連紅都未曾紅。這是被太多藥物摧殘過的後遺症，對酒精和麻藥的抗力高了很多，酒精對他不太起作用。

但他神色不似以往，坐在靠椅上，溫文儒雅的輕笑，「林縣令居然送給我兩個美人。」

臉上笑著，眼睛卻冰冷沒有一絲感情。

淡菊微訝的看他，挽巾的動作有些遲疑。進來的是「劉州牧」，不是「司空慕青」。她捧著面巾，猶豫了一下，以眼示意，慕青卻沒有注意。

「是兩個漂亮的男孩子呢！」他笑聲轉冷，「塗脂抹粉，用眼睛勾人，席上的青天老爺們都沒了魂，直說一對尤物。」

她在心底輕嘆一聲，拿了面巾替他擦臉。

他的呼吸漸漸均勻，在面巾下的聲音模模糊糊，「我沒有收……也沒有發火。我笑著說無意此道，說我已經有人伺候，在女色上不甚上心……」喃喃著，「我沒有生氣，沒有生氣。」

「司空慕青」回來了，但神情鬱鬱，整夜都沒有開口。淡菊服侍他的時候，像是故意要跟她作對，不怎麼合作，讓她多花了力氣。

逗了他幾次說話，慕青都沉著臉。淡菊也就隨他去了。照樣做自己的事情，既然慕青不黏著她，她就在燈下拿了本醫書看，邊看著爐上的藥。

喝了藥就先面著牆躺下了，畢竟明天還要早起。

剛闔上眼睛，聽到唏唏嗦嗦的聲音，慕青從背後抱住她，悶悶的問，

「妳每晚喝的是什麼藥？」

淡菊有些尷尬，「……跟你說過的那種。」

好一會兒，慕青才開口，聲音很冷，「妳一直在等著嗎？」

就算是淡菊，也會有那種不乾淨的欲望嗎？整晚累積的憤怒和焦躁，一起爆發出來了。

淡菊朦朧的想像過自己的初夜會是什麼樣子，但絕對不是這樣的，簡直像是一場惡夢。

很痛，非常痛。她這樣冷靜的人，居然被逼得又哭又叫。慕青幾乎把她的背壓斷，只有腰以上在榻上，死死的按著她，從背後發瘋似的肆虐。

她畢竟未經人事，溫存體貼就已不易過，慕青又如此粗暴蠻橫，她只能緊緊抓住被子，指端發白，把哭聲悶在枕上，祈禱快點過去。等慕青終於離開她，方暗鬆口氣，卻發覺他別開蹊徑，更像是被撕裂了一樣，她全身冒出冷汗，尖聲哭叫起來，拚命掙扎，不發一言的慕青卻沒有放過她。

她想，她是昏了過去。昏迷前她迷迷糊糊的想，天一亮她就要逃走，再也不要見慕青了。如果性事如此可怕，將來她絕對不和任何男人單獨相處。

等她再醒來時，慕青愣愣的坐在一旁看著她。她的臉孔刷的一聲褪光了血色，畏縮的往床裡靠了靠。全身痠軟無力，隱處疼痛不已，不然她是想奪門而逃的。

「……淡菊。」他低喚一聲，她立刻把臉別開。

「對不起。我……對不起。」他揪著淡菊的被，卻不敢碰她，「每次我都很氣，非常氣，所以……我以後不敢了，請妳……原諒我……」

他一直是個外表溫和，內心孤傲的佳公子，正值青春年少，家教嚴謹，一直非常守禮。生性愛潔的他，也曾偷偷懷想過將來的娘子會是什麼樣子，琴瑟和鳴是什麼滋味。

但一次災難奪去了他對情愛的所有夢想，用最骯髒污穢和恥辱的方式降臨到他身上。他成為一個酒色過度的淫邪王爺的玩物，用藥物或百般逗弄引起他的反應，一面在心靈上辱罵譏笑他的下賤無恥，一面在身體上給予痛苦和快感的折磨。

雖然逃得性命，也讓淡菊醫好了所有表面的傷痕。但他內心有塊關於情愛的部分，卻幾乎永遠毀了。

他動情時總感到巨大的羞辱，沉重得讓他暴怒不已。暴怒和動情幾乎互為因果。

但他終究還是個年輕人，總有意動的時候。和淡菊生活時，他自感被潔癒，而且淡菊對他毫無情欲，沒有勾動他的暴怒，所以他甘願為奴為僕，就為了能夠獲得寧靜。

但淡菊和他分離，這種鬱結無可排遣，他才在青樓中放浪形骸。因他懷希世之俊美，久經人事的青樓女子也承受得住，反以能和劉公子春風一度為榮。

只是這種因情欲而暴怒發洩後，他總是感到很疲倦、沮喪。自覺渾身沾滿汙泥、污穢不堪。

最後他選擇壓抑情欲，不再體會那種惡性循環。求助於宗教無果，最後他把所有精力都拿去專注在功名與仕途，掩蓋住這個陰暗的缺陷。

直到和淡菊重逢，她又如此溫柔順從。被壓抑已久的情欲蠢蠢欲動，卻又害怕那種陰暗的缺陷。

終於，今天在強烈情境的刺激下，他爆發了。但比以往感覺更差，更痛苦。淡菊看他的眼光像是看一個怪物。強烈的污穢感讓他幾乎無法呼吸，自覺從靈魂到肉體，沒有一寸是乾淨的。

這些陰暗痛苦的心事，語言無法適度的表達。他混亂而痛苦的傾訴許久，幾乎毫無組織。沒有辦法被擁抱，沒有辦法看對方的眼睛。因為那個惡魔會抱著他，抓著他的頭髮，硬要他看自己的眼睛，恐嚇他若不張開眼皮，就要對付他的父親……

淡菊靜靜的聽，轉頭看他，只是流淚。

「我再不會碰妳，對不起。」他抓著自己的頭髮，「真的，對不起。」

「……我燒水，想洗個澡。」淡菊勉強開口，才發現自己的聲音這樣嘶啞。

「我去！」他緊緊抓著淡菊的被子，「我去，我去……」露出無助又恐慌的神情。

安靜了好一會兒，淡菊點了點頭。他才大大的鬆了口氣，又看了她一眼，才走向小廚房。

她蜷縮在薄被下，心底淒慘，腦中混亂。她被憐愛的人淒慘的惡待過，不知道該不該原諒他。如此駭人聽聞的殘酷，雖然在他傷痕累累的身體裡已無言的控訴過，但他心靈破毀若此，宛如斷垣殘壁，她實在沒有把握可以治好。

他的人生，傷毀累累，沉如萬山之重……她，挑得動麼？眼前最重要的是，怎樣不露驚懼的面對他呢？

還沒想出個頭緒，慕青已經提著水進來了。他不敢看她，只披了件長袍，衣襟沒合攏，露出還有傷痕卻強健的胸口。

「我……幫妳擦身，可以嗎？」慕青低聲說，語氣柔弱侷促。

咬著嘴脣，淡菊點了點頭，閉上眼睛。

他的手很輕，很小心。淡菊別開頭，他也不敢看她的表情。擦到隱處，他遲疑了一下，聲音更細，「那個……以前妳也……幫我過。我、我……」

淡菊的臉孔慢慢紅了起來，輕得幾乎看不見的快快點了點頭。

但她沒想到熱水擦拭過傷處，會這麼痛，忍不住嘶聲低呼。慕青卻許久沒動，她正覺得有點冷，卻聽到低低的輕泣。

她張開眼睛，慕青將臉埋在雙掌，長長的黑髮垂下，指縫不斷滴落的淚，落在薄被上，一暈暈的淚漬。

「慕青？」她掙扎著起身，撫著他的長髮。

「是我嗎？」他的聲音很輕很經，沁著滿滿的痛苦，「真的是我嗎？我傷了妳？我真的傷妳了……是我嗎……？」

他抬頭，像是迷路的孩子，滿面淚痕。

挑不動也得挑。因為她的心已經柔軟到疼痛，疼極了。比身體的痛還痛很多。她湊上去，吻了慕青的脣。

鹹苦的，痛苦的淚。慕青一遍遍的吻她的臉，舔吻過她豔紅的胎記。

有些僵硬的抱著她，也讓淡菊抱著。

用他從來不熟悉的姿勢，看著淡菊半開半闔、朦朧溫柔的眼睛，笨拙的摸索著她的溫潤，小心翼翼的問，「還是……痛嗎？」

淡菊抱緊了他的背。

第一次，他覺得所有的重擔都已卸下，不再憤怒、羞恥、恐懼、自我嫌惡。而是被包容、被愛。被淡菊無言的輕喚。

他輕輕啊了一聲，帶著狂喜的，在初觸時已然神魂失守。淡菊臉上的胎記紅得像是要滲血，輕哼著，幾不可聞的喊他的名字。

慕青很小心的對待她，非常小心的。他模模糊糊的想。等等還要幫她擦身，然後幫她上藥。以後再也不會傷她，絕對不會。

因為他鬱結幾乎成腫塊的暴怒，早已無影無蹤。

＊　＊　＊

迷迷糊糊中，她覺得慕青在幫她擦身、上藥，還偷偷親她的大腿。她又羞又癢的掙了一下，乏的連眼睛都睜不開，又睡了過去。隔了一會兒，慕青小心的從後面擁住她，她翻身，把手擱在慕青的腰上，眼睛還是沒有睜。

再醒來，天已經濛濛亮了，慕青不在旁邊。有些迷糊的擁被而起，四肢痠痛，隱處可能是護理過了，沒痛得那麼厲害，只是感覺有點奇怪。

看著慕青提著熱水、巾帕和青鹽進來，她覺得有點異樣。就像她服侍慕青時一樣，他也一樣樣安置好，坐在床側。「不睡了？還早呢。要梳洗嗎？」

她有些困惑的抬頭看慕青，「我起得遲了。你該去衙門。」

臉。

「今天不去。」他柔聲說，拿了青鹽遞給她漱口，又挽了面巾幫她擦

她更迷糊了，「我是慕青，你是淡菊？」

慕青輕輕的笑了起來，吻了吻她的鬢角，「以後我服侍妳。」垂下眼簾，有些羞澀的，「以前……不願服侍人……打得要死也不肯端茶……現在，」他咬了咬脣，「什麼都願意為妳做。」

她怔怔的看著慕青，臉孔慢慢的紅起來，胎記猶艷。她完全不知道這也是慕青的心病之一。她將眼轉開，「……還說要與我為奴為僕呢！」

「因為……妳什麼都願意為我。」他的臉孔也漸漸泛紅，「……別逃。我會永遠對妳這般好。」

他怎麼會發現?!淡菊驚愕的看他，他卻漸漸哀戚。「再也不會了，真的。」

「……沒要走。」她低低的說，「你還沒娶別人，就不走。」

「絕對不會。」他語氣很重的說，粲然笑若春陽，容光煥發，「今

天……我讓人去幫妳請休。妳一定還很不舒服。」

「其實……也還好。」她的臉孔越發紅，「又不是病，我還是去轉轉……」

「我知道有多痛。」他低下頭，拉住淡菊的手，冰涼涼的。

淡菊語塞，心軟了，「那今天你休在家想做什麼？」

他笑了，眼睛燦亮亮的，「在家裡黏妳一天。」看淡菊轉頭，他趕緊補上一句，「抱著妳就可以，別的不會……」

淡菊羞笑，他趁機湊過來吻她的耳朵和臉龐，輕柔如花瓣。又笨拙的服侍她穿衣，連繫帶都不會綁，穿了很久，他還偷偷在淡菊肩膀和後背親了好幾下，惹得她微喘。

本來還想帶她去觀錢塘潮，但淡菊有點倦，就罷了。兩個人在後院的葡萄架下坐了一個上午，也沒做什麼。

慕青把涼榻搬出來，抱著她一起看醫書。他記性好，過目不忘，兩個人對背藥材療效，湊了一堆稀奇古怪的藥方。

「你當大夫倒合適。」淡菊輕笑。

「不合適。」他搖頭，「我對別人沒耐性……世間沒幾個乾淨人。總是有瞧不到的地方挺骯髒。」

「……我師父也這麼說。」淡菊垂下眼簾，「但這樣說的人，都是對人抱太大希望，所以才特別失望。其實你們都挺喜歡人，嘴巴說說而已。」

他摟緊淡菊，下巴擱在她頭頂，固執的說，「我只喜歡妳。」又有點難為情的問，「妳師父……有沒有說過……」他細聲在她耳邊低語，淡菊的臉又紅了起來。

「沒。」她頭都不敢抬，「師父說，等我二十歲滿法定年齡，才、才……才會教我……這類的學問。」

慕青冷哼一聲，「她教該不該縫傷口就好，還想教什麼？我又不是不會……我自己教！」

「……我師父是女的。」

「不准！」他又哼哼，「女的也不可以。」

「……你教的，也沒多好。」淡菊聲如蚊鳴的說。

「慢慢的，就會教得好。」他低頭輕輕咬淡菊的耳朵，把手探進她前襟，「會對妳，很好很好……」

淡菊按住他的手，羞得抬不起頭，「咱們在院子呢……」

他不怎麼甘願的把手抽出來，卻把淡菊打橫抱起來，讓她一聲驚呼。在她耳邊輕語，「那去房裡好了……」

那天，他們中飯吃得很遲。兩個人都臉紅過腮，垂著長髮，相對恍惚的羞笑，拿著筷子，久久沒有下箸。

慕青怕她疼，並沒有求歡。卻密密實實探索的吻遍她全身，也哄著淡菊回吻。兩個人都很笨拙、生澀，等於是摸索著對方。

「……一點都不覺得生氣。」慕青目光迷濛的抱著她，肌膚相親，幾乎沒有空隙，「和妳一起，很乾淨、很乾淨……」貼著她喃喃的說，「我願為妳穿鞋穿襪，我願意為妳為奴為僕，妳一直都在救我……現在也是……」

「不是。」淡菊摩挲著他的背，劃過每一道熟悉的疤痕。「是你願意好起來，所以才救得了……」

她隱隱覺得，似乎不太對頭，基於醫者的敏感。但她終究是初經人事的少女，或許於世故早熟，卻沒辦法敏銳透析這樣的關係不怎麼正常。

如果她師父在世，一定會阻止她。慕青依賴得太深，肇因的情感始於醫病關係，事實上是有些病態的。

因為她不知道，慕青也不懂，所以他們的愛苗一直是在慕青的心病中萌芽。正因為她不知道，用她所有封存的情感去溫柔憐愛的對待心靈殘毀的慕青，若是換一個人，一定會被她無微不至又沉重的愛壓垮。

但身心傷痕累累的慕青，卻從她豐沛的情感裡頭獲得安全感和潔淨，正因此深深獲得滿足，而且唯恐會失去。

他們很驚險的獲得了互補，多一毫或少一毫必定會互相怨懟厭倦。

只能說，冥冥中自有安排。或許這對苦命兒已經嘗盡太多艱辛，上天偶爾也會有一絲憐憫，成全了他們倆。
蒼天偶有情，讓他們過了一段平靜而甜美的生活。

第七章

慕青進門的時候，淡菊坐在窗邊出神，握著一本書，支著頤，夕陽斜照，在她臉孔鍍了淡淡的金粉。

他沒有出聲喚，只是靜靜的看著她。毫無防備，真真實實的淡菊。平常的時候，她總是築著高高的心防，就算對他那麼溫柔和順，什麼都給了他，她的心防還是高如崖岸，穩穩的攢著她自格兒乾淨的心。

她的溫柔，是醫者的悲憫。只有他才真正看過底下的冷然……差點兒，就差一點兒。只是一步，險成天涯。

初復明時，他看到了淡菊臉上豔紅的胎記，橫過她的臉蛋，沒有防備的退了一步。那個帶著藥香的姑娘，眼中的溫柔立刻轉成帶著悲哀的冷然，立刻轉身，疏遠的說了恭喜，就走了。

踉蹌了一下，虛弱的他沒追上，就不見蹤影。

他等了一個下午，無比漫長難熬的下午。從屋裡到屋外，從院子到山道。他不知道山道通往何處，是否有無數歧路。害怕和她錯過，所以他在山道口等，等了又等、等了又等。

真真實實的體會她掩蓋在溫和外表下的冷情和絕然，毫無任何留戀。她還願歸來，只是因為他的傷未痊癒，毒未盡消，而她是個醫者。

如果他痊癒、完整無傷，她會毫不猶豫的將他送走，眼中的憐意和嘆息就不再歸他所有，總會有新的病人。

他沒辦法忍受。那個下午已經太多……那個冷然的眼神帶走了所有的氣息，他沒辦法呼吸。

怎樣的酷刑沒讓他學會示弱，但他願意對她示弱。怎樣的折磨都沒讓他學會獻媚，但他願意，很願意對她獻媚。只要她目光還在他身上，憐惜和溫柔都歸他所有，再也不要……不要出現那種冷然斷絕，就可以了。

他歸家，魂魄卻沒歸全。直到現在，即使得了淡菊的情和身，依舊沒有歸全。那一魂還在她身上，要知道她離得不遠，他才踏得著地，不覺得虛浮。

但他明白，很明白。他還是在她心防之外，結廬而居。他若踏錯一步，她就會悄然離開。淡菊很狠，待她自己更狠。就算會鮮血淋漓、痛不欲生，她也會像是使刀割腐肉般，冷靜的絕情而去。

什麼都留不住。

她回眼，看到站在陰影裡的慕青。像是盯著她，又像是看穿過去。這時候的他，既不是「劉州牧」，也不是「司空慕青」。就是他自己而已。

其實，下午她出診時，在道旁遠遠的看到他，那時他是「劉州牧」。巡撫大人奉旨來視察海塘，州牧領麾下所有官員出迎。

他騎著駿馬，穿著官服，面白如玉、眉若刀裁，神情冷漠嚴厲，讓人覷之愛慕，卻不敢近前。道旁擠滿了百姓，小門小戶的娘子姑娘紅著臉竊竊私語，吃吃的笑，眼睛就沒離開過。

不知道為什麼，慕青朝她的方向看了一眼，表情未變，眼神卻柔和起來，帶著詢問。她舉起手裡的藥箱，告訴他剛出診去。慕青眼中微帶笑意，神情依舊冷漠，轉頭直視前方。

她站了很久很久，直到隊伍看不到了，才又翻身上騾，再無心緒，回醫館交了藥方，就逕自回家了。

原本嚴密的心防，出現了裂縫。她開始貪求不該貪求的，師父一輩子也沒達成的「一生一世一雙人」。不是因為給了他自己的身子，也不是因為他依賴眷戀。而是她，是她。

是她的心防開始崩毀，原本的冷靜龜裂，什麼都不想管、不想要，就是想在他身邊，看著他。希望現在的日子，可以一直過下去，不要有什麼改變。

明明知道有那麼多無奈的現實。

兩個人對望了許久，直到天色已暗。

慕青終於舉步，淡菊也站了起來。默默的伸出雙手，互相擁抱，良久不語。

「我父來信，說已為我聘一女，請旨讓我返京。」慕青開口，「書信是巡撫大人代轉的。」

「……我聽說了。」淡菊苦笑。

「妳信我一回。」他偎著淡菊的額，「這次我不會退那一步。」他聲音轉低沉，「再離天涯，我就先去那邊等妳罷。」

「……別胡說。」她幾乎滴下淚。

「別待妳自己狠。」他抽去淡菊的釵，散了頭髮，「就當作上次當吧，試著信我一回。」

「……好吧。」她終於落下淚，「就信你這次。被你騙上船一回了，也不怕再騙第二回。」

巡撫巡視海塘後，劉州牧奉旨返京成婚，整個江蘇傳得沸沸揚揚。後衙裡的丫頭不免探頭探腦，都想知道這個「通房」有什麼笑話可看，淡菊卻總是神情平靜，依舊每日去醫館坐堂。

實際上，她內心波濤洶湧如海嘯，竟日如坐舟中，痛苦莫名。不只一次，她想逃跑。行李收了又解，解了又收。

熬滿一個月，她再也受不了，終於決定走了，也已經行到渡口附近的大青石。萬念俱灰，默默的摩挲著青石，正要往渡口去，瞥見青石後的字從三個字變成四個字。

她大驚，低頭細看，竟是「靜靜待之」。

疊在「靜待之」前的那個「靜」字，筆跡相同，石屑猶存，不似後三字微有苔痕，像是剛剛刻上去的。

她茫然四望，卻不見軒轅真人的人影，呆立了片刻，只覺得心痛難忍，蹲下來嚶嚶哭泣，愁腸百轉，竟不知此身當何去何從。

終究她還是沒有走成，忍耐著煎熬，等著最後的結果。

兩個月後，慕青終於歸來，含笑把淡菊的釵遞給她。「妳終是信我一回。」

「……險些走了。」她潸然淚下。

「妳若走了……」他解開圍在頸上的白帕，露出一眼血洞，「這傷讓誰來治呢？」

「慕青！」她厲聲。

「沒傷到要害。」他泰然自若，「跟妳學醫也不是學假的。我說過，我決意的事情，生死不改。若被迫退那一步，就去那邊等妳罷了。」

淡菊瞪著他，說不出話來，走出門外。慕青沒有叫住她，只是深深吸口氣，忍著，等著。

應該沒多久，對他來說卻非常漫長。但淡菊既然信了他一回，他就想信她一回。

她果然端著熱水和傷藥來了，細心護理。慕青垂下眼簾，傷口刺痛，但心中快意。「嫁我吧。」他淡淡的說。

淡菊的手抖了一下。「你的父親……不會允的。」

「他早允了。」慕青的神情冷然下來，「甚至抱病親聘不是？既然我已經尋到妳下落，他還能有什麼不允的？」

他笑了兩聲，沒有歡意，「我已經稟告聖上，之前被三王爺凌辱之事，聖上不准我辭官。我也告知我父，既然已經告訴了聖上，我也不介意再多告訴幾個人。」

「你為何自污名聲?!」淡菊又驚又怒。

「因為我不要妳死。」他抿緊唇，「不跟我娘一樣，不明不白的死。」

他抓著淡菊的手，眼中燦著火熱的光，「我也不讓妳走。嫁我吧。」

她閉上眼睛，點了點頭。

婚禮倉促而簡單，像是在趕什麼一樣。三媒六聘都省了，雙方父母缺席，來喝喜酒的人坐不滿兩桌。江蘇州牧的婚禮，卻如此寒薄。

但今天劉州牧的笑卻是那麼美、那麼甜。那麼嚴肅冷淡的人，所有表情都冰封起來，部屬多看一眼都會被霜寒的目光刺傷……現在卻這麼溫和、笑語晏晏，和煦如春風的謙謙新郎倌。

官場氣氛總是敏感的，今天在座的，幾乎都是副手……一個縣令都沒來，而是派主簿或千戶，他自己的親從官最高的也只來了一個州司馬。但他如此快意瀟灑，這個文弱書生似的劉州牧，卻杯來不拒，酒量大得驚人。喝到末了，臉頰才淡淡的紅，豔麗不可方物，氣度雍容，還能送客。

夜風飄然他沉重的喜袍，卻似隨風而去的謫仙人，難滿即將回歸天庭。

走入新房，喜燭高燒，在寂靜中發出劈剝爆燭花的輕響。

淡菊穿著同樣沉重的霞披，頭上蒙著紅蓋頭，靜靜坐在床上。他沒用秤桿，而是用手掀起了紅蓋頭，看著戴著繁複鳳冠的淡菊，臉上的胎記惹眼，看起來像是伸展的羽翼。

他挽袖，取下她沉重的鳳冠，服侍她洗去臉上胭脂，解開複雜的高聳髮髻，細心梳通她又濃又滑的長髮。她泰然的坐著，默默接受慕青的照料。然後站起來，換她挽起袖子，替他淨臉梳頭，端茶解乏。

沒有脫去喜袍，兩個人攜了手，相對著，嘻嘻的笑。

「怎麼，就走到這一步了？」淡菊柔聲，臉上卻再無憂愁。

慕青笑著輕撫她的掌心，「妳什麼時候知道的？」

兩個人問句不像問句，回答不像回答，卻彼此都聽懂了。

淡菊偏頭想了想，「三王爺，不可能謀反的。」

「是呀。」慕青點點頭，「但只有安這個罪，才能兼顧安撫大臣、又能殺掉宗室子弟，免得天家面子受損。」

「皇上不會喜歡你提的。」淡菊溫柔的看他。

「嗯，」他很認真的說，「臣不密則失身。我在執事郎任上看到什麼、證實了什麼，都不該跟皇上提的。他一直待我很好，就這點，我對他很不好意思。」

淡菊伸手輕撫他的衣領，「這呢？是我的釵吧……」

慕青湧起歉意，「我是想帶個憶念兒，不是要弄污妳的釵。我父親代聘的是六公主的女兒邵縣主。我去見皇上，說了因由，請求退親。結果碰見邵縣主，她很激動……但我贏了。她沒敢真的戳脖子，可我敢……」

淡菊輕斥，「再不可敢了！我嫁你不是為了當寡婦的！」

他的神情柔和起來，卻再無一絲陰鬱茫然。「淡菊，妳真嫁給我了。妳不知道這一路上，我心裡多害怕。若是妳不肯怎麼辦？但妳肯了，真的肯了。我心底真歡喜，若是現在……也沒關係。」

淡菊不想他在這問題多糾纏，「若我不肯呢？」

他愁笑，「是呀，我也煩惱。人說我長得好，或許妳會因為這留下吧？但妳去養生堂白看病，越是難看的孩子越愛惜，長得越不好才越能留妳……所以這不成。綁著成親吧？但妳的心不在，找到一點機會就會走了。妳這麼狠，真走了就不會回來，我又不敢了。」

「纏著妳、賴著妳，總有天妳會煩。疼著妳、寵著妳，但妳的心兒在不在呢？其實我最想拿金鎖把妳鎖起來，哪兒都不讓妳去。但我怕妳惱。不過不管妳惱不惱，要不要嫁我，我是不讓妳走的了……」

他破顏一笑，「但妳肯了，真的肯了。」

淡菊跟著笑，笑著笑著，滴下淚來。「……不管將來怎麼樣，現在我很是歡喜。只是……你將來怎麼辦？」

慕青攬緊她的手，滿含歉意，「說到這，我萬分對不起妳。這州牧是做不久了，還不知道會遠貶極北苦寒，還是瘴癘之地。妳嫁了我，就得吃苦。一點福也沒得享，得跟著我顛沛流離，吃盡苦辛。但皇上……還得扣著我，不會肯讓我辭官的。將來會不會有滅門大禍，我也吃不準……不過真有那天，我定保妳周全……」

「……我是醫生，從來不怕吃苦。」淡菊握緊他的手，嗚咽著說，「你……這幾個月，難為了。」

「想著妳的時候難受得緊，其他沒什麼。」他燦笑，眼睛瞇得像是兩彎月，「只被我父親打了兩頓家法，被皇上拿紙鎮磕了一下頭。」他不大好意思的摸頭，「若不是怕妳見了傷問，本不想告訴妳的……」

淡菊低頭了一會兒，抬頭輕笑，滿臉淚痕，「我從來不怕死的。若你先行，且等我一等。若我先走，就去那兒整房子等你，你慢慢來，等兒孫滿堂，福祿雙全再來……」

慕青紅了臉，嘻嘻的笑，「妳怎麼搶了我的話呢？我跟皇上說了，心底突然整個輕鬆起來了。覺得死也不要緊了，別人說我什麼，也沒關係了。現下又娶了妳，所有心願都得償了。」

「妳的要求那麼簡單，我一定能辦到。先前我騙妳上船，後來我讓妳信了我，算扯平了。現在妳試著再信我一次，到我死的時候……讓妳蓋棺論定。若我又騙妳，妳就上面刻『天下第一負心人』，讓天下人都唾罵我好了……」

淡菊啐了他一口，「誰等天下人來罵，我先去揪著你問就是。問你記不記得今天說的……那些別個人又是怎麼回事……」

慕青拉緊她的手，悄悄說，「一個娘子就使碎我的魂，用盡所有機心，哪有力氣再有什麼別個人呢？」

淡菊紅了臉，要把手抽回，慕青不讓，兩個人披散著長髮，嘶鬧了一會兒，又相對痴痴的笑。

明明前途多難，命運未卜，生死完全不在掌握中。但他們相攜微笑，從無此刻如此快意。

第八章

成親後卻數月無事，慕青卻不掛懷，趕著帶淡菊去觀錢塘潮，又去游江數次。

在外，淡菊總是戴著面紗、紗帽，跟在慕青身後半步，慕青也不顯親暱，只是悄言淡語。但觀潮時地動天搖，浪濤撲天蓋地而來，慕青覺得身後淡菊一動，默不作聲的悄悄握了握她的手，兩人相視一笑，又放開了。

慕青此刻卻快意非常，覺得再無所懼。偶有流言一句、半句的吹到他耳底，也只是一笑置之。他是一州之牧，雖知他君前失儀，寵眷不再，也沒人敢在他面前出言不遜，就算是些小動作，他也能泰然面對。

他嘗聽百姓言：破罐子破摔，現在可懂意思了。掩著、蓋著，事實就是事實。若是自毀聲名可以保住淡菊的命，那又何妨。天下人都輕他、賤他，又如何？淡菊都願委身委心，從無或改，也就夠了。

因為無須掩蓋，反而坦然。只是江蘇如此美景，一直沒帶淡菊出遊，辜負良辰，未免有些抱憾。

三個月後，錢塘潮較往年為盛，竟至漫過海塘，溢壞百頃良田。慕青被參了一本「怠忽職守」，聖上震怒，說劉慕青「為人桀傲、忽上輕下，少年得志而張狂，有背殷殷期許」，將他貶去海南崖州為司判。

大明禁海，從江蘇到海南只能經陸路，道遙路遠，途中多山，多經瘴癘之地。許多貶官未到海南便已病死，客死貶地者更不可數。朝官對貶崖州畏如猛虎，甚至有寧可懸樑飲鴆也不願前往。

他們倆卻笑嘻嘻的，像是要去遊山玩水一般。

早在他們成親第二天，慕青就開始發賣身邊帶不走的財物，淡菊也開始準備常備藥物，並與藥館請辭。貶令一下，很快的就整理好行李，沒有拖延就往海南而去。

一路上倍極艱辛，屢遭險境。夜宿時慕青總睡在外側，摟住淡菊，枕下置劍。所幸幾次被襲，都有驚無險。就在廣東等船去崖州時，一夜數驚，慕青索性不睡了，抱著淡菊，寶劍出鞘，坐在床上聊天。

「想來不是皇上，」他語氣閒然，「大約是那邵縣主覺得被我羞辱了，所以遣人來找點麻煩。也說不定……」他遲疑了一下，「說不定我爹也有分。」

淡菊輕笑一聲，「想當然耳。」

「……不管我爹怎麼樣，都是因我之故。」他滿懷歉意的說，「是我帶累了妳，妳若心中不快，對我發作也未嘗不可……只求妳別怪我爹。」

「我何嘗怪你，又何曾怪過你？」淡菊感嘆，「父子天性，舐犢情深。那是你的父親……」她的臉微微紅了紅，「也是我公公……」

「我知道，妳這樣好……」他嘆氣，「妳都勸我要信我爹，是我不好，怎麼都不能聽妳勸……終究是愛莫能棄，害妳……時時有性命之憂。我爹燒了迷途小築，又要害妳性命，妳要怪要恨，也是應該的。但他終究是為了我……他到底是我爹。」

「就說不怪了。」淡菊偏著頭看他，「我都把他的寶貝拐走了，他別怪我就好。我師父做不到的事兒……我倒做成了。現在都不知道我是怎麼成的……」

慕青垂下眼簾，靨生霞暈。「這麼？緣故細細說來很費工夫，娘子有沒有一生一世來聽？」

淡菊頓時大羞，慕青執了她的手，對著傻笑，不知如何才能說明心底的歡暢。

相依片刻，慕青輕嘆，「我爹……也很可憐。這次回京，他跟我說了許多……我也想了許多。我爹那人，才高志遠，一心要當名臣。可他鋒芒畢露，心機百出，又不肯收斂……將來必定要跌大跟頭。他子息上又非常艱難，除了我，幾個弟弟、妹妹都早夭，現在納的新姨娘才懷了又沒了。我若不管他，他將來靠誰好呢？……」

淡菊默然不語。雖然她受師父教養，不怎麼嚴守禮法，但侍奉翁姑這種觀念，早潛移默化到骨子裡去了，勢必該然。但她實在沒辦法把這個棄誓忘信的「趙公子」當成自己的公爹侍奉，不說趙公子要殺她，就是對師父，也過意不去。

慕青看她神情鬱鬱，忙說，「我知道妳不喜歡他……誰會喜歡想殺自己的人，還放火燒房子……但他真的可憐。我爹愛妳師父，一輩子惦著、記著、恨著……那是他喝醉酒，令人綁了我，親手行了頓家法……」

淡菊眉頭一擰，「他常打你麼？」

「從小到大，連手心都沒捨得打。其實也不疼，他雖是喝醉，終究是意慈手軟，打斷了戒尺就扔著哭，說了好多……說你師父撇了他，我娘也撇了他，現在連我都要撇開他了。

他呢，一輩子都惦記著失去的人。你師父走了，他惦記著，沒多瞧我娘。我娘上吊自盡了，他又惦記起來，對餘下的幾個姨娘總是沒好氣色。他自信滿滿的拿我……沒想到出了差錯，我真讓綁走了，他恨得屢出狠招，還敢明裡暗裡逼皇上決斷……妳說他是不是可憐呢？

那天我自己上了藥，躺著想妳。越想越覺得我爹可憐又傻。說來說去，都是他傷得不夠重……跟我比起來，那只是蹭破皮而已。就是傷得太輕，擁有的還太多，沒讓他明白過來，妳師父多麼好，有的人錯過就永遠沒有了。害了妳師父，也害了我娘。

既然錯過了妳師父，那他就該好好待我娘。但他又不，只惦記著不在眼前的人。都有了我，他又瞎想，說子息不旺，抬了一個姨娘進門。成天跟我娘鬥氣，氣得我娘自盡……他才打殺姨娘，又惦記我娘了。

想到最後，淡菊，我想明白了。本來我很恨、很怨，常想為什麼是我，為什麼我爹要這樣……我什麼都沒做，為什麼有這種遭遇……我想到了妳，想到我們在山上的日子，想到我爹哭得那麼慘……我突然不怨也不恨了。禍福相倚，否極泰來。就是我爹傷得不夠重，失去的太少，才不知道要珍惜，所以我才要傷得那麼重，失去那麼多，學會什麼叫珍惜。

早在我想明白之前，我就知道了，只是我還不知道我已經知道。我知道什麼是珍貴的，所以硬去求、去賴，就算是使碎心也要把妳攢在手裡捧著。我不要跟我爹一樣老是惦記，我就只守著妳。」

「……這樣，似乎不太健康。想法兒也不太對。」淡菊笑著笑著，落下淚來，「我師父說過，這是一種疾病，叫做『創傷後症候群』，還有一個名詞，我現在記不清……」

「那妳，讓不讓我守著呢？」他垂下眼簾，低頭問著。

「讓你守。」淡菊破涕而笑，「讓你守到煩。」

「我不煩。」他笑，燦爛若雲破天開的月色，「我不用健康，妳肯讓我守著就好。」

* * *

崖州司判，事實上就是司刑名的低等親民官，說不好聽點，就是捕快頭子。官位九品，只比吏高一點兒。

流放地能有多繁華？雖說唐朝就已開發，但就一座小小土城，逐年失修，城門宛如虛設，有些土牆崩塌，在地人自在的進出。

他們的住處離城不遠，依著低矮山坡而建。領他們來的小吏解釋，海南溼熱，住山上涼爽些，進了竹籬笆圍成的院子，那個鏽得厲害的鎖使盡力氣才開了，但門一推，整扇門轟然倒下，震得霉壞的茅草屋頂也塌了一塊下來。

小吏一臉尷尬，「這、這……劉司判，就來修、來修……今夏雨水多，什麼都發霉……」擦了擦額頭的汗，怕這對小夫妻哭了起來……每年這些流放官都要演一齣苦戲，真是受不了……

結果這對挺年輕的小夫妻，居然一起放聲大笑，還厚厚的打賞他，央他找個人來洗衣做飯。

他不知道，這對夫妻裡頭，當中一個已經失去太多，對物質看得很淡，另一個擁有的很少，自己動手已經成了習慣。

他們攜手走入住處，地上是夯實的泥土地，竹桌、竹椅、竹床，像是一個竹子建成的小屋，旁邊開了道小門，可以走到後面，一個黑漆漆的大灶，積了點長出菌類的柴薪，應該就是個極小的廚房。

廚房有後門可以開，出去後是個挺大的空地，圈在籬笆裡，還有一口井。他們倆打了桶水上來，淡菊試著嘗看看，入口甘甜，「應該有個山泉脈，咱們賺大了。」她笑。

慕青也喝了幾口，解了煩熱，忍不住喊了聲好，「可不是賺了？不用遠遠的挑水，開了後門就有。只是茅房在哪？」

淡菊掩口笑，「你當什麼地方都會挖茅房？大約把天地間都當成五穀輪迴之所吧。」

好一會兒慕青才意會過來，「一個茅房也說得這麼促狹。定是你師父造的孽，沒得說了。」

「這回兒你倒是對了。」淡菊噗嗤一聲，「但我們是不習慣的。等等來陪我挖個暫時用的。」

他們找了竹帚，淡菊撕了一件舊單衣，開始裡裡外外的打掃。且喜前後牽牛蔓生，花開斑爛，又有瓜棚垂著葫蘆，芳草葳蕤，滿眼碧綠，屋後尚有幾叢翠竹，竿竿生涼。

慕青還躍上屋頂，把霉壞的茅草拿掉，「這瓦，倒是個問題。」

「我跟我師父切過竹瓦，明兒咱們試試。」淡菊抬頭看著他，「天氣溫暖，看起來今夜也不下雨。咱們瞧著星星睡覺，豈不是好？」

「好主意。」慕青讚了一聲。

當晚他們累得幾乎抬不起胳臂，又還沒買柴米。淡菊摘了幾個嫩嫩的葫蘆煮了，又把麵餅切了，丟在裡頭，路上沒吃完的臘肉也一起烹煮。

幸好還有個鍋子，不然今晚他們又得吃麵餅。但碗筷一概具無，慕青去後面竹林轉一圈，就多了竹碗竹筷，還有個竹勺子。

「今天真辛苦你的寶劍了。」淡菊洗了碗筷後，盛了滿滿一碗給慕青，「又要管切菜，還得管削竹子。晚點咱們睡覺，寶劍一定在鞘中悲泣。」

「誰不好跟，讓它跟我呢？」慕青接了過來，急不可待的吃了一口，燙得眼眶發紅，「燙……但好吃得很，淡菊也吃……」

淡菊笑著吹涼了才吃，瞧慕青吃得滿頭大汗，替他擦了擦，輕輕笑著，「我想它跟了你，就算切菜削竹子，也是非常願意的。」

慕青溫柔的看著她，「我這一生，已然太富餘。有了妳，還有一把劍。」

淡菊紅了眼眶，趕緊幫他再盛一碗。

用過了飯，慕青又走了好幾趟去提水，淡菊燒火，兩個人痛痛快快的洗去旅塵，又互相幫洗了頭，從衣包裡找出梳子，梳通了就在竹床上納涼等髮乾。

相執了手，只是對著笑。心底都感到一片安寧靜謐。

或許其他人陷入這樣的絕境，即使夫妻相愛，未免牛衣對泣。但對他們倆來說，卻只回想到過去在迷途小築的安靜歲月。

一路受驚擔怕，此刻才感到安全。即使破屋陋室，他們總算可以安心在一起了。

慕青貼過去抱住淡菊，竹床卻咿呀一聲刺耳。慕青但凡一動，竹床就響個沒完，抱著淡菊，他恨恨的說，「這裡什麼都好，就這床明天我就劈了當柴火！咱們親熱，它較勁什麼？」

淡菊臉紅的推他，「劈了它，明天睡哪？」

「不管了，雖然來日用錢的地方多了，還是先買個結實的床。不然春聲傳三里……哪能讓人聽些許動靜去！」

淡菊掩面笑了一會兒，「你消停著些吧！一路遠來還暈著船，不歇歇只想那些有的沒有的……」

慕青湊近她耳邊，手悄悄的伸入她的衣襟，「這是有的沒有的麼……？」

方纔壓倒，竹床使盡全身力氣似的吱嘎了一聲大響。慕青一言不發的把淡菊抱到地上去，下床時狠狠地踹了竹床一腳。

那晚他們不得不再洗一次澡，髮間身上都滾滿了土。淡菊笑軟了，慕青抱著她，一臉無可奈何。

但崖州真是小地方，連張床也難買。慕青不得不咬牙切齒的忍那張竹床幾天。直到竹瓦都鋪滿了屋頂，才有人家願賣一張紅木床。

當天他就劈了那張竹床，拿來生火的時候，特別快意。

＊　＊　＊

崖州州牧給了慕青十日的休整日，他幾乎都拿來整理家園。等屋頂鋪滿了竹瓦，忍痛買了白灰刷了牆，原本破落的陋室顯得乾淨俐落，竹櫃裡擺著他們不多的衣服，就那張紅木床最氣派，顯得有點兒格格不入。

小吏幫他們找了個老僕婦煮飯打理家務，早出晚歸，他們這個小小的家，總算是安頓下來。

在崖州，馬匹金貴異常，連驢都是內陸幾倍的價錢。慕青咬緊牙關，買了兩頭，真有床頭金盡的煩惱。淡菊笑著把自己的私房添進公中，他還非打字條借不可。

「你打字條，那我拿了私房錢就能想跑。」淡菊半闔眼，「家裡的帳還是我管吧！你不慣這種瑣碎……省得再買張這樣的床。」

「買貴了麼？」他緊張起來。當家才知柴米貴，一切都得自己主意，才知道以前過得多渾渾噩噩。

淡菊掩嘴笑，「不妨的……我拿醋薰洗過，也不是病氣過去了……害怕麼？」她挑了挑眉。

慕青怔了一下。啊呀，莫怪這樣精緻的紅木床，只賣那樣的價……原來是死過人的床。

他也跟著挑眉，「我是沒死過的人麼？小看我。」

淡菊福了一福，「不該小看夫君膽量，妾身無禮了。」

慕青一臉可憐兮兮，「娘子冤了我，這樣怎夠？我心疼，得揉揉……」一面拉她的手按在胸口。

「夠了，」淡菊啐他，「越發無賴了。今天要去衙門了呢，還這麼無賴……」卻還是輕輕揉了揉他的胸。

慕青的臉慢慢泛出霞暈，「我去衙門，可妳要做什麼呢？」一面把手伸到她的袖子裡摩挲。

「能做什麼？」淡菊畏癢，一面躲著一面笑，「串鈴過街，賺點脂粉錢罷了。」

「別醫男人。」他板起臉。

「醫者父母心，你瞧過只愛女孩兒的娘嗎？」

嘶鬧了好一會兒，慕青才依依不捨的出門，還回頭叮囑，「就算醫男人，把個脈就很對得起他了，外傷叫他找別個大夫去……」

「快去吧！」淡菊笑嚷，「只有你才當寶貝，誰看在眼底呢？」

「這可是謊話。」慕青翻身上驢，「騙我心實呢！」這才往城裡去。

她倚門看著慕青遠去，第一次心底踏實，覺得臨晚可以看到他。一水相遙，連恩恩怨怨也留在海的另一頭。

大明禁海也不是全無好處的。

她戴上面紗、紗帽，吩咐了僕婦幾句，收拾藥箱，也下山去了。

崖州少有良醫，淡菊來不多久，剛好酷暑引起一波痢疾，年年如此。她盡力救治，又建立一套簡明的守則，這波痢疾竟沒死幾個人，她這初來乍到的醫婆就這樣站穩了腳跟。

後來替孩兒看病，看她蒙著面紗，嚇得大哭。不得不取下面紗，孩兒反而好奇的摸她臉上的胎記，奶聲奶氣的問她是否黥面。

原來崖州土族複雜，當中有幾族以黥面為美。後來她索性拿掉面紗、棄了紗帽，土人不以為異，流放官吏也習以為常，只偷問是哪族女子這樣善醫。

她還真沒想到，居然也有不避之如蛇蠍的人們，將她如常人看待。連崖州世族馮家太夫人也與她相厚，囑咐馮家家主多多善待劉通判，倒讓慕青沒費太多手腳就融入了當地的士族圈子。

慕青初來，面對暮氣沉沉、破舊凋敝的衙門，也不禁苦笑。來這兒的犯官不是醉生夢死，就是竟日頹唐抑鬱，他剛到衙門時，連州牧都不在，空蕩蕩的。

後來與小吏閒談，才知道百姓根本不依賴官府，有什麼事情，找馮家談去。這任家主慈善有餘，魄力不足，又不是正經官府，許多事情只能敷衍著，連土族械鬥都管不了。諸多積弊，也無法一一細訴。

官無心於民政，百姓不信任官府，有一種很疏離壓抑的氣氛。

他笑嘆，先把捕快找來，好生整頓。幸好捕快、小吏都是在地人，有心為鄉里做事，但官老爺們都是死氣活樣的，有心無力。這個年輕的司判大人長得這樣好看，性子卻柔中帶剛，身手好得驚人，又肯做事，又有膽識，敢去激烈械鬥中喝阻，鎮住場子。漸漸也心服了。

真正讓他揚名的，是起少有的謀殺案。一人被鋤頭打破腦袋，搶去錢財，血跡尚未乾涸。崖州連鋤頭都是希罕東西，慕青命家有鋤頭的人都得扛著出來，正色說，「本官擅長扶乩，神明已示真兇。兩個時辰後，便能分曉。」

兩個時辰後，他指著一個人，「陰魂化蠅索命而來，還不認罪？」定睛一看，那人的鋤頭蒼蠅飛舞，驅之不去。嚇得那人跪下大哭，連稱饒命，供稱他將搶來金銀吊在井裡的桶子裡。

眾人皆畏劉司判能通鬼神，判案奇準，只有淡菊笑彎了腰。

「連我師父的故事都剽竊去，當心她氣得跳出來打你這徒婿！」

慕青也笑，「她再也不為這打我。真要打，就要打著問我怎麼拐了她心愛的徒兒，可惜沒那麼長的手。」

這是閒暇時淡菊說給他聽的故事。據說發生在宋朝，淡菊也說，搞不好是她師父瞎編的。蒼蠅喜食腐肉血漬，洗得再乾淨，有些縫隙藏著肉屑，蒼蠅總能千里追尋。有個聰明人就這麼破了案，今天卻讓慕青拿來剽竊一回，還裝神弄鬼。

見她歡笑，他心底柔軟，攜了她的手，「今天留豬皮沒有？」

「你真要學？」淡菊偏著頭，「其實我外傷還算成……也沒幾個強過我的。」

「醫者難自醫。」他湊到淡菊耳邊小聲說，「萬一妳生產，孩兒太大……總有縫那一、兩針的時候。」

淡菊神情黯然，輕聲嘆了口氣。「若一輩子都……也不用煩惱這些。」

她替彼此把過脈，很是憂愁。她原本就體寒，屬於不容易著床的體質，慕青又在蒙難時傷了腎水，機率也低。若是一方如此猶可，不巧兩個都屬於子嗣艱難的體質。

「防範未然，有什麼不好？」慕青拉著她，「沒孩子也好。省得他霸占了妳，我只能一旁生悶氣去，打又不能打，罵又不能罵，只能在旁邊扮可憐。」

「你哪天不扮得很可憐？」淡菊笑他。

慕青臉孔一紅。少年夫妻，不免意動的時候多。摩挲溫存，慕青很勇往直前，卻臨到寬衣解帶，依舊有些陰影。往往會手足無措，露出無助的神情。

每次看他雙眼矇朧，迷茫無助，淡菊就會去吻他，溫柔蜜愛，他卻總是慢吞吞、磨磨蹭蹭的，往往把淡菊抱在上，才能完事。

他將臉一撇，微微噘嘴，「不就是怕弄疼妳？哪是扮可憐？都不知道我忍得多可憐……」

「誰讓你忍呢？」淡菊打趣他，自己反而漲紅了臉。

「是說我能不忍了？」慕青笑著湊近她。

「……你到底要不要學外傷？」淡菊有些惱羞成怒。

「學！怎能不學？」慕青有些邪惡的笑，「反正『能不忍』的時候多的是。」

第九章

被貶半年，劉尚書終於遣人來探望。

那是從小照顧慕青到大的老僕，見了又黑又瘦的少爺，跪地大哭，慕青笑著攙起他，跟淡菊說，「吾家老人也。」

淡菊殷殷笑意，鄭重的行了晚輩禮。老僕再三推辭，終是側身受了半禮，連連說使不得。

「公爹遣使來望，是該如此，李老伯請上座。」淡菊溫柔的說。

慕青帶他四處看看，笑語晏晏。只見他眉間陰鬱俱散，坦蕩瀟灑，指點破室陋院，語氣充滿自豪，並親取井水泡茶，神態安閒。

雖然又黑又瘦，卻神采飛揚。像是那個十七、八的少年公子，名滿京華的才子劉慕青。

「公子！」老僕哭道，「您……終於好了。又像以前的公子了……」想到他難後返家，臉上蒙著死氣，尤其是老爺嘆息著從隨州回來後，更像是一縷幽魂，蒼白靜默，似乎早已離世。

上回返京，卻日日陰鬱，和老爺見面不是大吵就是小吵，還在皇宮鬧到沸沸揚揚，脖子上帶個血洞回來，也不給人碰。讓老爺打了兩頓也沒消停，總覺得他身上的陰影越來越重，看得他心疼極了。

貶來這麼遠，他日日跪求老爺讓他來看看，怕他從小嬌生慣養，恐熬不過這苦。老爺卻置了氣，明明常暗裡流淚，死活不肯。若不是皇上有意無意的問了一句，老爺這才鬆口。

懸著這麼久的心，卻看他氣度神態竟似極愉悅安然，宛如昔日舊公子，忍不住大放悲聲。

「李伯，你說得好笑。」慕青遞帕子給他，拍了拍他的肩膀，「我就是我，哪有什麼以前、以後呢？」

端著茶點的淡菊，默然站住，竟有些癡了。

「劉州牧」沒有了，「司空」也只偶爾出現。現在的人兒，的確就是慕青而已。終究如何的重傷，只要還有一口氣在，總是會痊癒的。這就是人哪……

所以她的師父會這樣喜歡，她也會這麼喜歡。只是……一點點，只有一點點，微微的愴然……不應該，卻控制不住。

慕青轉眼看到她，用眼神詢問了一下，便向她招招手。她端著茶點過去，慕青幫她把茶盤放在桌上，然後攜了她的手，跟李伯說，「吾家荊妻也。」

李伯趕緊起身跪拜行禮，口稱夫人。淡菊慌著要讓，卻被慕青扭著手按住。「家禮不可廢，李伯受妳一禮，妳也受他一禮，應該的。」

她紅了臉，胎記猶艷。心底那股淡淡愴然，卻被熨貼得消逝無蹤。

*　　*　　*

廣東爆發了一次瘧疾流行。

只隔一水，海南全境大大騷動起來，日夜不安，可說是人人自危。廣東那兒的州牧極憂心，聽說劉司判的娘子善醫，束手無策之餘，竟親自前來，不畏御史參議。

慕青原本是不願意的，但淡菊瞧那州牧幾乎瘦乾了，兩眼凹陷，可見多日沒睡，又聽他說疫區極慘，恐怕是自己也在疫區視察多次吧……

她拿眼睛看著慕青，滿目哀求。

「瘧疾難治，又易過病。」他抿緊嘴，「別哄我，我跟妳學醫可不是學假的。」

「……讓蚊蟲叮咬才會上病。」淡菊躊躇了一會兒，「我隨身佩戴驅蟲藥物，保住病人元氣，通常可以熬得過去，並不就是絕症了。」

她那醫術通天的師父，只被瘧疾這種流行病打敗過。她的師父氣得跳腳，嚷著要飄洋過海，去「南美洲」找「金雞納樹」。未久入秋，流行範圍很小，也沒死很多人，但她師父抑鬱許久，破口大罵文明落後、科技發展受阻礙，順便連大明禁海都罵進去了。

她知道有種特效藥叫做「金雞納霜」，就是金雞納樹的皮煉製的。但知道也沒用，據說在三重大海之外，一個叫南美洲的地方。千山萬水，畢窮生之力也不可及。

「只是盡人事而已。」她搖了搖慕青的胳臂。

慕青看了看屋外捧著茶發愣的廣東州牧，心底一陣陣的泛酸。什麼野漢子，也敢上門要見他的娘子!?管他是不是五品官……不是淡菊在跟前，就舉起拳頭打出門去！

偏偏他是貶官，不能輕離流放地。他怎麼捨得把淡菊擺在那些狼子野心的混帳面前？那種哀求的眼光他沒見過？讓他來裝，還更楚楚可憐呢！

又長得高頭大馬，武官模樣。一直嫌自己長得文弱的慕青，心底更不舒服起來。但不讓淡菊去，恐怕食不下嚥，夜不安寢。可不，這就開始眼淚汪汪了。

「淡菊，」他拖著她的胳臂，凝重的說，「男人都是人面獸心的。長得越能看越禽獸。不管他們嘴裡花花說些什麼好聽的，都不能讓他們哄了去。」

「……慕青，我是去看病呢！」她微張著嘴，看著她那憂心忡忡的夫君。

「哎，我知道、我知道，」他彆扭起來，「誰讓妳討病人喜歡。」

淡菊啼笑皆非的擰他一下，「說什麼渾話呢……你不瞧瞧我的臉？」

「我娘子的臉怎麼啦？」慕青拉長了臉，「哪族姑娘可以黥得這麼好看？」

淡菊心底好笑，又哄又親，說了無數好話，才讓他噘著嘴同意了。

她隨同廣東州牧搭船，慕青在碼頭送別，眼睛就沒離開過她，一臉快快。一直到船已離岸，慕青仍然沒有離去，極遠還看到碼頭一點人影。

廣東州牧姓宋，瞧見淡菊依舊站在船首，噙著淚，癡癡望著遠方，有些駭笑。雖知不該跟官眷多言語，還是忍不住說了，「劉夫人與司判結縭幾載？」

淡菊臉一紅，幸好帶著紗帽，「……三年有餘。」

宋州牧盡力忍笑，「果然伉儷情深。」

「不曾或離左右……」她情緒明顯低落下去，不再言語。

他有些詫異。初見劉夫人時，他大吃了一驚，原以為是士族黥面女子，沒想到是天生的胎記。又見一旁俊美無儔、逸若謫仙的劉通判，不禁有「巧夫竟伴拙婦眠」的感嘆。

現下又這樣兒女情長，難分難捨，他有點後悔，恐怕名過其實，白跑了這趟。

直到到了疫區，劉夫人像是換了個人，殺伐決斷，公諸了防疫要則，編整郎中大夫，開方施藥各有所屬，竟是極其熟練。得了她助手，宋州牧才能獲幾夜好眠，不再毫無頭緒而徒勞無功。

但宋州牧發熱發寒的時候，她親自來診，溫柔悲憫，細細把脈觀顏，又讓人可敬可親。

「宋州牧並非瘧疾，只是勞累過度，又著了涼，竟是個小傷寒。需要好生調養。」劉夫人施了幾針，他頓覺腦門鬆快不少。

待她開方，宋州牧有氣無力的說，「這怎麼成？眼前多少事……」

「宋州牧愛民如子，淡菊欽佩。」她溫和一笑，「但不把病養好，這廣東百姓靠誰好呢？」

她喚來宋州牧身邊服侍的丫頭，一一囑咐如何看護、幾時吃藥，藥須如何煎製。不厭其煩，殷殷託付。

她就是這樣照料家裡男人麼？宋州牧心底掠過一點失落。這麼殷勤仔細，真心誠意……難怪劉通判如此不捨。劉通判家徒四壁，只有個半聾不啞的老僕婦做飯。想來她得諸事照料吧……

他自嘲的笑笑，娶了一妻三妾，他身邊一切瑣事，都是奴僕打理，連碗湯都少人做給他喝。其實不做也好，不然喝了夫人的湯，就得喝姨娘的湯，一碗水端平，可不是容易的事。

在外吃了辛苦，想跟枕邊人說說，夫人臉上總有氣，姨娘們有美貌卻沒腦子。不知道該跟她們說什麼，她們也不知道該跟他說什麼了。

那對少年夫妻在屋裡咬耳朵，賭氣輕哄，蜜糖兒似的甜，他似乎從來沒有過。把臉別開，還是聽進一絲半點。說不出有多羨慕，羨慕得有些發酸了……

宋州牧病得沉了，丫頭怕擔關係，一天數次的來報，淡菊已是疲倦，還是強打精神去看。她摸了摸額頭，翻眼皮，看脈象，又看了兩帖藥和密不通風的房間，完全沒照她的囑咐，讓她暗暗嘆氣。

最是知疼著熱，還是醫者和枕邊人哪！

「能否讓宋夫人來一趟？宋大人需要人照料……」她問丫頭。

丫頭躊躇，訥訥的說，「夫人的身子也不太好……」

「不用了。」宋州牧的聲音很疲倦，「她出身世家，哪懂得照料人……更不會來疫區。」

淡菊啞然，轉頭看那個丫頭。面目姣好，十指青蔥似的，留著長長的指甲，一點疤痕也無。她恍然，這是個「觀賞用」的丫頭。

輕嘆一聲，「宋大人，我眼前還有事，您放寬心且養病，晚點我來看您。」

當夜她陪著丫頭一起守夜，教著怎麼用烈酒擦身更衣，怎麼把冷布巾放在額頭降溫，該按哪些地方降低痛苦……直到天明，丫頭已經累得昏睡過去，她強撐著換過已溫的布巾。

探探額頭，已然降溫。她又輕嘆一聲。

宋州牧微微睜開眼睛，眼底都是血絲。「……難怪劉司判那樣不捨。」他目光遙遠，自嘲的說，「我算是白娶了一妻三妾。」

淡菊微微皺眉，這話已經太踰越。但她對病人都好，不會破口大罵，跟她那急性子的師父不同。

「那是我家夫君只娶了我一個，我又善妒，不容人。」她輕描淡寫的說，「夫君容得我妒，容得我拋頭露面行醫，他這般容我，我不盡心盡力服侍他，那不是沒天理了？」

說完就推醒丫頭，要她將煎好的藥餵給宋州牧，就告辭了。

宋州牧病癒後，就沒再提什麼，只是對淡菊非常恭謹，常常和她商量疫病遏止的方案。

眼見入秋，疫情已經減緩，淡菊就告辭要返家。

宋州牧欲言又止，卻又靜默，只是送她到碼頭。見她即將登船，喚住了她，取出一把八寶攢珠金釵，非常昂貴。

他咳嗽一聲，「此次疫病，若非劉夫人援手，豈能善了。無以為報，區區微物，聊表寸心。」

淡菊嫁予慕青已經三載有餘，隨他在官場打滾，已不是當年天涯行醫的無知少女。她盯著宋州牧，取下臉上面紗，露出豔紅的胎記，宋州牧反而目光火熱的看著她。

「宋州牧，」她柔聲，「你只是病了，一時軟弱。」

宋州牧沒離開她的眼睛，「據聞，劉司判也是淡菊姑娘的病人。」

她深深看了他兩眼，容顏漸漸嚴肅，「但我也只對他病，只容他療我的病。宋州牧，我應你邀請而來，是敬佩你為民焦灼，我依從醫者本心。從來不是為了金銀財帛。」她從容戴上紗帽，轉身登船，看都不曾看一眼那只華麗貴重的金釵。

淡菊一直沒有轉身，倔強的挺直背，渡海而去，不曾回顧。

＊　＊　＊

闊別數月，慕青驚喜交集，開小差將淡菊接了回去，所謂小別勝新婚，何況這麼多個月，連沐浴都不讓她有須臾分離，跟前跟後，擦背沐髮，非常殷勤。

「做了什麼虧心事，從實招來。」淡菊衝著他笑。

「我沒審妳，妳倒審起我來。」慕青噘起嘴，「兩個多月沒三封信，讓誰拐著走了？」

「病人心靈脆弱。」她想了想，「沒事兒，只不過你說得對，男人還真的都是……」她說不出口，只嘆氣，「想想挺怕人的。」

「女人也沒好哪去。」他撇了嘴，「世間幾個乾淨人？」

「潔癖。」

「彼此彼此。」

最終還是摟成一團，管他青天白日，極盡溫存思念。他們成親已久，不似初時激烈，彼此相熟。少了激情，卻多了溫柔無限。

慕青撐起手肘，柔情的看她，「清減了些。」

「有些累麼。」她半闔著眼，「你也瘦了。」

「妳不知道相思無藥醫麼？惹得衣帶漸寬……」他的手不太規矩的在她腰上游移。

「夠了！」淡菊笑嚷，按住他的手，「越發嘴貧了。」

慕青笑著，從枕下掏出一枝龍釵，讓淡菊睜大眼睛，「……你怎麼買了？好幾萬錢哪！」

崖州唯一的銀樓，就擺著這枝作工極精細的龍釵。是銀釵，本身應該沒多少錢，但作工繁複，那只龍栩栩如生。老闆要價高，但買得起的覺得是銀釵，太素淨，喜愛的又買不起。這麼多年，一直當成鎮店之寶擺著。

淡菊有時準備年禮往來，會去銀樓買些銀錁子，每次去就會仔細欣賞一下那只龍釵。但他們雖然不算窮，也不富餘，一直都只是看看而已。但她不曉得慕青會發現。

慕青嘆了口氣，「妳跟了我，不是官太太，竟是受罪。瞧瞧妳吃的什麼，用的什麼，穿著什麼……光想到我就難過。妳又不言不語，連喜歡什麼都不講。我竟成了什麼了，還敢自稱是妳男人嗎？將就用著吧……待我將來登閣拜相，給妳討誥命，讓妳穿金戴銀，享用不盡……」

淡菊瞪著他，他的官餉少得可憐，家用還是她偷偷貼補，能有多少，她不知道？就怕他收了什麼不該收的……她馬上沉下臉，「我為事，但求心安，既不要誥命，也不用奢華。慕青，你向來廉潔自守，不應該為此……」

「沒有，」他舉手叫屈，「不是！我是拿我自己的東西去換的！」

淡菊一臉狐疑，再三逼問，慕青覺得好笑。她向來溫柔順從，觸犯了底線，居然這樣嚴厲堅持。

吃逼不過，慕青推枕抱她，不顧她的掙扎，「好嘛，我說，我說。我拿一小匣珍珠去換的，每個都有龍眼大……」

淡菊僵住了。那一小匣的珍珠……還是她遞給慕青的。

那是……慕青最痛苦的回憶之一。她必須開刀才能拿出在他體內的異物──那些龍眼大的珍珠。應該是先割開皮膚，將珍珠塞到裡頭，然後癒合。到現在她還是不懂為什麼這麼做。

她不知道怎麼處置這些價值連城但沾滿血腥和痛苦的珍珠，只能洗淨裝進小匣，遞給慕青。

她以為，慕青早就毀去或賣掉了，沒想到留到現在，換了一枝她看了幾年的昂貴龍釵。

看她面色鐵青，全身顫抖，慕青輕搖著她，低聲哄著，「所以不想告訴妳呀！娘子，淡菊……別把我想得那麼孱弱。我是妳的夫君，一輩子要幫妳擋風遮雨……效小兒態是因為很愛妳，並不是我沒有擔當……」

「但你那麼痛……」淡菊嗚咽出聲。

「早不痛了呀！」慕青撫著她的背，「妳治好我了，妳忘了？妳連自己都捨得當藥了，我還不好怎麼可以……」

抓著他的衣服，淡菊痛哭起來。一方面，她很高興，高興到今天，慕青終於完全痊癒，能夠面對那段殘傷。但另一方面，她又有點傷心。慕青不再需要她了，她這醫者是否該功成身退？

「說什麼傻話？」慕青嚴肅起來，「娘子，其實我得了絕症，藥石罔顧。」

淡菊猛然抬頭，緊張的搭著他的手，卻發現心慌到摸不準脈。她為什麼那麼貪婪，還會有那一點傷心!?「什麼病？什麼病？」淡菊又哭起來，「我現在心很亂，沒辦法把脈……」

慕青貼著她的耳朵，小小聲、一個字一個字說，「娘子，我一天比一天老了……老病是沒藥救的。」他一臉哀痛欲絕的看著淡菊，「老了就不好看了。娘子看到我就不會露出驚艷的表情了。妳看病情有多嚴重……」

淡菊哇的一聲大哭起來，想擰他都沒力氣。這個可惡的人居然還笑個不停，涎著臉蹭著她的鬢，「淡菊……妳這麼緊張我……妳愛慘我了。想想我得了絕症多可憐……妳還是乖乖幫我醫吧……哪有給妳跑的機會……」

她使盡力氣捶了幾下，把臉埋在慕青的懷裡。

*　*　*

「……還是簪在我師父的髻上比較好看。」看著鏡子，淡菊非常喟嘆，「其實我時時去看，不是因為我很喜歡，是想起我師父……」

淡菊的師父李芍臣有個怪癖。

她喜歡所有跟龍有關的東西。只要靈動有生氣，哪怕只是一片龍紋，她見了就會朝思暮想，設法存錢買下來。

買了也不擺設，看著看著就鬱鬱寡歡，然後收到大衣箱鎖好，沒事就拿出來把玩，黯然神傷一番，自己也莫名其妙。

她跟淡菊說，這可能是種精神疾病，屬於偏執狂或購物狂的一種。但因為她精神醫學只懂皮毛，所以沒辦法深入了解。

這毛病跟了她一輩子，從沒好過。但她很早就囑咐過，若她過世，這些東西一把火燒了……她沒辦法忍受別人碰這些，就算淡菊也不行。

「妳師父是個怪人。」慕青說。

淡菊嘆了口氣，「我發現，越是聰明有才的人，總是怪得緊。」她瞅著慕青，有點傷心，「我前半生讓師父坑了，後半生讓你坑了。為什麼我這輩子都是被聰明的怪人坑呢？……」

「我哪裡敢跟妳那驚世絕艷的師父比？」慕青趕緊撇清，「我哪是坑，我是開荊闢棘，篳路藍縷的賴到妳，妳師父什麼事兒也沒幹，就讓妳這麼念了一輩子。我可很不平的……」

就在他們扯得正歡時，衙門突然派人來了，說有聖旨給慕青，要他快去。他們面面相覷，慕青面露疑惑，「怎麼想了起來……又要貶我？這次再貶就是守城門了。」

淡菊倒是想得開，「若是守城門也不壞，最少人情往來少多了，薪餉可是實打實的。」

「鑽到錢眼裡去了妳，看我把妳窮得……」慕青笑著走了出去。

到月已中天，慕青才一臉鐵青的回來。

「……守潼關？」淡菊猜。這大毛衣裳貴，早知道就不要拒絕那枝八寶攢珠金釵，現在也可以賣了應急不是？

「守潼關還好呢。」慕青一臉迷糊，「我被起復，又要回江蘇當州牧了。」

……所謂天意難測，莫過如此。聖上還體恤他奔波勞累，不用回京謝恩，直接赴江蘇上任就是。

良久，慕青心事重重的說，「我爹，可能不好了。他權傾朝野已十載有餘，故舊門生遍布。皇上大概容他不得了……」

「那為何又把你升官？」淡菊一臉莫名其妙。

「皇上要治我，很容易。」他苦笑，「卻治不住我爹。拔掉了我爹，他那些故舊門生必惶恐不安，群龍無首……朝廷必定會動盪。」

淡菊想了會兒，「所以拿你來代替你爹的位置……」

慕青不語，咕噥了一聲，「爛攤子……我爹淨會整些爛攤子。」他又微微噘起嘴來，一臉鬱鬱。

淡菊憐愛的將坐著的他抱緊，低頭吻他的脣。原本糾結的眉頭漸漸鬆開，閉著眼睛，睫毛長長的顫動。

「咱們……去接那個爛攤子吧。」她低低的說，慕青很緩很緩的，彎起嘴角。

第十章

舊地重遊，淡菊感慨萬千。慕青忙著上任的事，她反而很清閒——沒啥行李可以整理，李伯親自帶了大批奴僕來管家，大肆採買傢俬。

她信韁走到大青石旁，看著後面那四個字。就是那四個字「靜靜待之」，留住她，才成就了這段姻緣。

「是妳想成就，才成就得了。」身後傳來溫厚的聲音，讓她急轉頭。遍尋不獲的軒轅真人居然在她身後。童顏鶴髮，道氅拂塵，就跟她多年前見到的一樣，沒有半點差異。

「……真人！」她迸出淚來，「我……我沒看好家，讓迷途陣燒了……師父的家，師父的書……」

「不燒，又何以出迷途呢？」真人和藹的笑笑，「至於花相，妳更不用擔心。這裡幾十年歲月，於她來說，不過是一夜大夢。」他露出愴然的神情，「使盡機關，為她別開生路，窮究一切，竭心盡力為她設置迷陣招緣，這世間對她還是太薄倖……」

淡菊眼中出現迷惘，但隱隱覺得有些不對。「……我師父投生何處？」她小心翼翼的問，「她過得還好嗎？」

真人的愴然更深，「對於一個百世緣分稀薄接近無的人，什麼地方算是好呢？我見她一世一世的孤獨終老，以為別開蹊徑就能糾正這個無解的因果……但終究還是徒勞無功啊……」

軒轅在千年前與花相初結緣。

那時他經過涇河河畔，見到一個幾乎要死去的女人。傷痕累累，飢渴交迫，即將殞命。

瞥了一眼，卻驚訝起來。他已是非常古老的生物，見過各式各樣的畸兒，卻沒見過這樣的。不是因為因果或罪孽，只是一種畸形。這可憐的孩子，註定與所有生靈都緣淺，父亡母死，六親皆離，且必定身為女子而孤獨至死。

這樣的命運必須輪迴百世才能解脫，對任何有魂魄的生靈都是不寒而慄的命運。一個不幸至極的畸兒。

他一時憐憫，盤據龍身，抱起她。想著能不能為她做些什麼。但她的畸形已經根深柢固，除非魂飛魄散，不如無可更改。

正束手無策，那個女人睜開眼睛。那是一雙很美的眼睛，就他看來。即使瀕死，還是倔強的、掙扎著，不肯失去勇氣。

「水。」她低啞的說。

軒轅靜默片刻，從指尖湧出鮮甜的水，她像是嬰兒一樣吸吮著，愁苦的表情漸漸舒展，像是崑崙上緩緩綻放的瑤草。

「我知道你。」她聲音很小的說，露出一絲微笑，「你是山海經裡的軒轅神民吧？從哪赴宴歸來呢？」

「東海。」軒轅回答，「吾乃軒轅國主。」

她的笑意更深一些，「真好。我快死了……死之前，有個英俊的王抱著我……比那些薄倖兒好百倍。活著還是有好事的嘛……」

居然還能笑得出來。笑得這麼開心，這麼無憂。這可憐、可佩的畸兒啊……「妳想要什麼呢？」他聲音轉柔。

她眼睛流轉，指著一臂之遙的芍藥，「我要一朵那個……」

軒轅替她折來，告訴她，「這是芍藥，又稱花相。」

她眼神慢慢散了，「幫我……插在髮上。」她閉了閉眼睛，已然出氣多兒、入氣少，她喘著說，「喊……喊我花相……送我一送……好心的王……」

「花相。」他輕喚。

她笑了，比她髮間的芍藥還嬌豔，生命最後一刻的綻放。「真好。我就知道……我會遇到好事……」

含笑而逝，明明一生孤獨淒慘，屢遭不幸與背棄。但她笑著呼出最後一口氣，心中無恨也無怨，鬥志也未曾熄滅。

他覺得臉頰有異狀，卻摸到了一掌的淚。

沒有辦法遏止的，他默默看過她一世又一世，那個叫做花相的畸兒。看她一次次的被緣淺所傷，看她無論如何都要挺直背，那麼倔強。看她從來沒有改變過的笑容，看她告訴自己，總會有好事發生。

讓他苦笑的是，明明每次輪迴她都將孟婆湯喝了個乾乾淨淨，但她轉生後，總是惦記著一個模糊的龍影。有世她轉生為道姑，只奉楊柳枝、拜龍王。有世她成為織娘，終生繡龍。

帶著疑惑的撫摸龍紋，一世又一世。

他唯一能夠做的，只有在她離世前，擁著她，別讓她孤獨面對死亡。也沒有一世，她是害怕的。

她總是困惑的撫著他手臂的龍鱗，笑著說「果然有好事發生」，然後嚥下最後一口氣。

直到他看了十世，再也受不了了。這一世，她是醫生，性情爽朗，醫術高超。但緣淺徹底毀了她，終於毀滅她堅持九世的堅強，輕生了。

他忍受不了，出手干涉。他為花相撕裂時空的阻礙，把她的魂抱到這個異世。替她挑選世間最美最豔的容顏，用牽絆最深的醫緣定位，軒轅下定決心，他只得半百時光，一定要在此替她修正這個「緣淺」的畸形，終止那個命定。

做了這麼多的努力，但這世間對她委實太薄倖。他甚至不惜在人世現身，自耗千年修為，為她佈下迷途迷陣，卻只讓她更傷痕累累。

原本以為，百緣中必有她的緣分。誰知道起始就是劇痛。他費盡苦心，結陣卻結果在她的小徒身上。

「我不怨妳……其實，我不怨妳。」軒轅真人慢慢露出真身，上身為人而下身為龍，頭上盤據著五色蛇結成的冠，珠玉般的臉孔露出深刻的傷痛，「妳與她結緣五年，已經是她十世以來最長久的……在她離世時陪伴在她身邊，沒讓她孤獨而死，我對妳非常感激……」

人形而龍身的軒轅國主，臉孔滾下熾白的淚。天地間隱隱起了雷鳴，遙遠的海邊呼嘯著悲吟。

所以他才會為她寫下那四個字。他想為花相的牽掛盡一點力。

淡菊迷迷糊糊，只覺身在夢中。「……國主，我師父十世都有您看著，這樣緣分，還稱緣淺嗎？」

只見軒轅國主逼視而來，金黃色的瞳孔豎立，有種強烈莊嚴又詭異的壓迫感。

「如果……」她殷切的說，「若您見到我師父，她還記得我……請告訴她，我很幸福。」她強忍著淚，「她不用擔心……她說過我的臉是三色堇，花語叫做思慕。就如她說的一樣，我有終生互相思慕的人了……」

壓迫感消失，軒轅國主目光柔和的看她。遲疑著，「……能麼？」

「您……什麼違逆都敢做，為什麼不能見她呢？」

他緩緩的閉上金黃色瞳孔的眼睛，仰天大笑，聲音充滿了歡欣和爆發力，宛如雨過天青。「是，還有什麼不敢的？什麼都做了，還有什麼不敢的……」

矯健的身影破空而去，消失不見了。

淡菊兩腿發軟，緩緩的跪坐於地。覺得只是一場夢。

但臨去時，軒轅國主的尾巴掃到了青石，幾乎把青石裂成兩半，上頭還卡著半個手掌大的龍鱗。

「……師父，妳連有個良人都這樣驚天動地，得糾纏個幾生幾世的。」她忍不住搖了搖頭，輕輕嘆笑。

＊　＊　＊

那片龍鱗，淡菊很珍惜的貼身放在一個荷包裡。慕青笑著說，那是軒轅真人代師父給的護身符。

等半個月後，淡菊發現自己有孕，不得不相信慕青半開玩笑的說法。

不說慕青欣喜若狂，淡菊自己也熱淚盈眶。他們倆都是難以生育的體質，結婚將近四年沒有絲毫動靜，居然意外有孕，只能說是軒轅真人的慈悲，和師父的遺蔭了。

面對這得來不易的小生命，這對小夫妻更是小心翼翼。他們倆明白，這可能是他們這輩子唯一的孩子，不容許任何差錯的。

慕青甚至強悍的謝絕劉尚書的探視，父子交惡早就不只是傳聞了。

「這樣好嗎？」淡菊有些憂慮。

慕清默然許久，長歎一聲。他從來不提官場上的事情，唯恐給淡菊添堵。所以只輕描淡寫的解釋，「我非跟父親交惡不可，並且成為他的政敵。不這樣，劉家傾覆之禍就在眼前。只是……拿妳當因由，對妳萬分不起，卻不得不然。」

殿堂之事，錯綜複雜。此時在位的是長明帝，方值不惑，正是壯年，心機極深。登基不到十年，已經不動聲色的清理了大部分前帝的舊臣，只剩下老丞相和兵部尚書劉大人。

偏偏這兩個老臣，一個執掌內政，一個手握兵權，故舊門生遍布朝野，根深柢固，盤據已久，威勢日重，而這對岳父女婿又無甚把柄，急切動不得。

老丞相之女就是慕青的生母，劉尚書得喊老丞相一聲岳父。雖說慕青的母親憤然自盡，但慕青依舊是老丞相的外孫。有這層關係在，這兩個老臣可說是權傾一時，甚至可以脅迫皇帝處置三王爺。

老丞相這些年多病體衰，卻遲遲不退休，就是想讓劉尚書接替丞相位，保住兩家榮華，但皇上的態度卻一直模稜兩可。

事實上，皇帝對殷丞相和劉尚書的跋扈嗜權深痛惡絕，恨不得綁赴黃門斬立決。但又培養不出足以抗衡的能臣，非常無奈。

直到慕青出現在他眼前。

「我爹潔身自愛，做事極為謹慎，皇上抓不到他別的把柄。」慕青淡淡的說，「不說我爹，我外公只有我娘一個女兒，又只生了我。他們倆唯一的把柄……就是我。皇上拿不住他們倆，卻可以拿住我。」

「而且你不像你爹。」淡菊下了個結論。

「是呀。」慕青握緊她的手，「我對權勢沒什麼興趣。走入仕途……

只是想完成對妳的誓約罷了。我所學不足為良醫，然，不為良醫，便為良臣。念了一輩子的書，我也只會這個吧。」

沉默了一會兒，他更淡然的說，「剛到江蘇赴任，聖旨就等著封妳夫人了。雖說廣東瘧疫妳有大功，但也沒大到這樣。滿天下都在傳我爹暗害妳的事情……我爹不會提，我也不會講，妳更不可能……皇上的態度，已經很明顯了。我不作個姿態，皇上哪容劉殷兩家全身而退……」

淡菊沒有說話，只是輕輕摩挲他的手臂。皇帝不怕慕青羽翼豐滿，就是因為抓著慕青的祕密。位極人臣，只要傳出一點風聲，就可身敗名裂。注重士大夫氣節的此時，慕青等於被掐住咽喉。

「但我退不得。」他小聲的說，「我若不識抬舉，退了一步、半步，殷劉兩家傾覆還是小事，必定牽動朝野，株連之廣……皇上冷靜理智，但若逼急了……」他鬱鬱起來，「淡菊，這一切我都能承受。父血母恩，我當為殷劉兩家打算。但把妳拖進這團混亂中，我對妳……萬分對不住……」

淡菊輕笑一聲。她懷孕後臉圓了些，顯得更溫潤，「慕青，夫君。你在說什麼呢？我們不只同林且同命。再說，你把事情想複雜了。皇上要你上位，就是要你做事。咱們別的不會，難道不會做事？良相同良醫，不過就是病時救死扶傷，平時調理保養。」

她撫了撫慕青日益成熟的臉龐，「你憂慮太遠，又有何益？我知道你替我畏懼伴君之險。但我師父說過，每個人生下來，日日都是絕命日，時時擔險。吃個飯都有人噎死呢，難道飯就不吃了？知道你『不為良醫，即為良相』的本心，我歡喜得很。」

扶著慕青的臉，她笑得眼睛彎成兩個月彎，「我是嫁了個了不起的丈夫。可以驕傲的告訴我師父，還可以告訴咱們的孩兒。」

本來焦躁煩惱的心情，卻被熨貼得平復下來。慕青閉上眼睛，感受淡菊手心的溫暖。是呀，夫妻本是同林鳥。但她說，同林，並且同命。不但如此，她還為我驕傲。

「……我一定在佛前求了上千年，才求到妳。」他睫毛輕顫，微微有淚光，「我……有沒有福氣，也求到妳的下一世？」
「慕青，你真傻氣。」淡菊輕輕的吻他的唇。

或許是他們的心都安穩了下來，所以，皇上的聖旨沒讓他們太驚惶。在江蘇州牧任上才半年，殷丞相告老，劉尚書繼任為新丞相。皇上將慕青宣入京城，將他升為新的兵部尚書，等於是破格超升。

慕青沉穩的謝恩，接了聖旨，和淡菊相視一笑。果然事態如他們預料般。彼時淡菊懷孕已然五個月，她淡淡的說，「我身體向來健康，孩兒也穩定。赴京又不用趕路，一路緩行，可以的。」

「妳也知道我離不了妳。」慕青輕笑，「咱們倆……咱們一家，說什麼都要在一起的。」

那一年，秋高氣爽的九月九，慕青和淡菊離開了煙雨江南，輕裝簡從的往京城而去。

第十一章

長明帝在位時，天下大致上承平已三代之久。

過度承平的結果，就是百姓競奢爭華，世情日漸浮誇，食不厭精，膾不厭細，窮盡奢侈，又復有金丹之風。

淡菊和慕青久居南方，對這種風氣只略有耳聞，並不甚知。歷來既無民亂，也少盜賊，又想是奉旨上京的京官，就不太戒備。

他們怎麼也沒想到，人為了幾兩銀子，可以喪心病狂到這種地步。

那日，已行入河北，離京城沒幾日路程。

雖已入秋，秋老虎還是挺厲害的。他們行經一個極小的村莊午歇，慕青扶淡菊下車，借了戶民房更衣，準備吃午飯。

淡菊歇在炕上，闔目假寐。一路辛苦，她又有些苦熱，慕青拿著扇子幫她搧風，等著丫頭去拿飯菜提水，卻左等右等也不來。

「這些丫頭真該敲打敲打了。」慕青皺眉，「慣得跟祖宗一樣。」

「她們也是辛苦，憋屈在車裡一整天，難得下來鬆泛鬆泛。」淡菊輕笑，「咱們有手有腳，自己來好了。」

「那要她們做什麼？」慕青冷了臉，「到京裡都賣了算了，原本就說不用人跟在旁囉哩囉唆的。」

「罷咧。」淡菊笑出聲音，「你是氣她們沒事往你跟前湊吧？飛來豔福……」

「我還飛來橫禍哩。」慕青沒好氣。他沒講明，只含糊的點了點。這年頭的丫頭越發沒臉沒皮，隨便就敢爬上床。逼他連午歇都去湊著淡菊，省得莫名其妙吃悶虧。

這年頭，連當男人都不容易，什麼世道。

不是怕淡菊聽了生氣，他早打發了。「我去催水催飯。」他心疼的看著淡菊一額的汗，「餓著妳怎麼好？妳先歇歇。」

他走了出去，找丫頭沒找著，還是找了村裡的老婦燒了熱水，親自去廚房裝了食盒，經過下人歇息的小院，才發現那些丫頭正在梳頭打扮，氣得他發了頓脾氣，叫管家來帶下去打了。

等回到暫歇的房裡，淡菊已經不知去向。

只見椅倒桌翻，他臉孔煞白，裡外找了一遍，卻在後園的草叢裡找到淡菊從不離身的荷包，打開一看，那片龍鱗還在。

出事了。他的心狂跳。淡菊……一定出事了。

不過一頓飯的時間。他就不該把她一個人擱在屋裡。可誰會綁走一個孕婦呢？

丟了誥命夫人，不是玩兒的事情。所有的從人和護衛都慌張起來，簡直要把整個小小的村落翻過去。最後還是慕青找到了……在村外不遠的竹林裡。

他永遠也忘不掉當時的情景，並且為此做了許多年的惡夢，卻不是因為他殺了那三個男人。

如果可以，他不會一劍穿心，而是會用最殘酷緩慢的方法，讓那三個禽獸凌遲而死。

他們堵上淡菊的嘴，活生生的，將她的肚子剖開。他趕到的時候，當中一個正把手伸入淡菊的傷口中。

飛快的點了周圍的穴道，血流漸緩。他抱著淡菊，覺得腦海一片空白。他的心被扯成碎片……這樣嚴重的傷痛，淡菊居然還醒著。當他急急的扯掉她嘴裡的破布，她顫著雪白的唇，「羊膜破了沒有？」

「……淡菊，」他全身發抖，劇烈得克制不住，「我們還會有孩子。」

「不會有。」她呼吸急而淺，「幫我看……羊膜破了麼？」

慕青咬牙，看向慘不忍睹的巨大傷口。他吞聲，「……看得到孩兒……」他只想放聲大哭。

他的妻，他的兒。到底是為了什麼，要這樣做……為什麼他們要受到這種待遇……

淡菊用力的咬了咬唇，張大眼睛。「慕青，叫人把我的箱子找出來……馬上。我跟孩兒的性命……要看你了。你從來沒有做過手術……但我教過你。你是我唯一的學生……」她喘了起來，「也是我夫君。救我們……」

在這個名不見經傳的小村莊，一場在這時代不應該存在的手術，由一個從來沒有臨床經驗的士大夫執刀。

病人是他心跳已絕的胎兒，和失血過度的妻子。

他是那樣害怕和恐懼，卻不得不為。應該早暈厥過去的淡菊，卻靠著藥物、金針和頑固的堅強，一直保持清醒，注視著懸在上方的銅鏡，輕聲的指導從來沒有經驗的慕青。

她知道自己實在太瘋狂了，也知道胎兒都被拖出體外是活不成的。但她真的無法放棄，為了這種莫名其妙的災難，放棄她此生唯一的孩子。

儘管盡了全力保持清醒，她的神智還是時時迷糊過去。在斷斷續續的指導下，慕青發揮了超水準的實力，洗滌傷口、一層層的縫合，完成了空前絕後的婦科手術。

但他為昏迷的淡菊把脈，不但妻子垂危，孩子也沒了，已成死胎。

在陷入如此絕望時，人會寄望於神靈的庇佑……只是他想不起任何一個神明，直到他碰到放在懷裡的荷包。

那片龍鱗閃爍著冰藍般的幻光。

他的眼淚落在龍鱗上，卻像是滾燙的水融蝕了冰，他瞪著空空的手發呆。在龍鱗消失那刻起，淡菊的脈象轉危為安，喜脈也清晰可辨。

他不明白。但他感激，非常感激。抱著淡菊，他放聲大哭，強烈的恐懼悲傷和狂歡交織。

他終於明白了一件事情。遠比他自己所知的，更愛淡菊、更需要她。若她拋了他而去，他連多一刻的呼吸都不願意。

因為，踏入迷途之前，他就已經死了。是她溫暖有繭的手，抓住了他，他才繼續呼吸、心跳，繼續活下去。再也不願意，不願意回憶幾乎失去她那刻的黑暗與碎裂感。他辦不到。

*　*　*

一開始，「紫河車」這味藥用的只是動物產後的胎盤。

漸漸的，就講究要血淋淋的剖開牛或羊的肚子，取出剛成形的胚胎和胎盤，最後胎盤被忽略了，只需要羊胎或牛胎。

慢慢的，牛胎或羊胎不能滿足人類貪奇的想像，迷信以形補形的某些江湖術士或庸醫，開始鼓吹猴胎。既然能夠接受類人的猿猴入菜，演變到吃人，也就不怎麼意外了。

被吹捧得非常神奇，咸信人類的「紫河車」服用後，可以長生不老、駐容長春。奢靡豪誇的社會風氣推波助瀾，因為珍貴和不易得，有需要就有供給。

即使一副紫河車須百金方可得，依舊有行無市。於是在富裕奢華的大明朝，掀起了一股奇異的食人歪風。

嬌養在深閨內院的大戶人家不覺得，而平民百姓的孕婦卻人人自危。常常有孕婦失蹤或「無端」死去，卻掩蓋在百姓懼官和官府無能底下，沉冤多少婦兒性命。

淡菊並不是與人結怨或結仇，她之所以遭此橫禍，只是因為她懷孕了。下手的那些人，並不知道她是官夫人。只是經過，留意了，覷著她獨處，就將她綁走，如之前的千百次一樣。

之前總是能得手，拿血淋淋的「紫河車」換很多錢。可以拿去睡青樓，可以去賭坊當大爺。就算失手，也能逃得性命，或者反過來殺掉阻止他們的人。

他們有刀、有力氣，誰也不怕，反正官府也抓不到他們……許多購買紫河車的人都是官家人。他們沒想到，會讓人一劍斃命。更沒有想到，他們的作為和死亡，導致更多同夥的死亡，牽連極廣。

慕青延誤了赴京的時限，上了一封極哀的奏摺。據說冷靜理智的長明帝閱畢落淚，模糊了奏摺上的字，無法言語。之後震怒異常，下令徹底查辦，殺人取胎者腰斬；服食紫河車者，百姓處斬，功名在身者流放邊關，永世為奴。一時之間，天下震動。

表面上，慕青對這一切都很淡然，只專注的照顧孱弱臥病的淡菊。事實上，這對他造成非常大的影響。日後他成為大明朝的丞相，一直致力於治安與婦兒的不幸，曾被譏諷為「襁褓丞相」，說他只關注在一些雞毛蒜皮的小事上，無甚建樹。

他或許未曾治水有成，也沒有傳世的詩詞、歌賦、書法或哲論。更不曾在邊關或經濟交出特別的成績單……

但在他任內，完善了「大明律」，對至高無上的「父權」重作了解釋，以孔子家語的「小棰則待過，大杖則逃走」當根本精神，禁止父母殺子、虐子的行為，更廣設育兒堂，杜絕「洗兒」（棄嬰）的陋習。

極度重視治安、看重人命的丞相，上行下效，短期間只賺了個「路不拾遺」的美稱，卻隱隱的穩定了社會制度不夠完善的大明朝，「重視人命」引發了百姓對朝廷的信賴感，竟因此延續了大明朝的年祚許多年。

但這些成果，在他有生之年都不曾親眼看到，也不知道後世對他有多高的評價。

他成為一個超時代的「法學家」，受到許多後人的尊崇和敬佩。

可他的本心，卻只是一個當不成良醫的士大夫，因為妻兒受過的殘酷待遇，只好發憤為良相而已。

只是「感同身受」，所以戮力一生。

第十二章

自從替淡菊做過手術以後，他再也不曾動刀。

產後淡菊非常虛弱，時時臥床。分娩並沒有受到太大的苦楚……實在是嬰兒嬌小，卻生命力十足，非常配合。但只在淡菊的肚子裡多留了兩個月，滿七個月就生了，是慕青親手接生的，他絕對不把妻兒的性命交給其他任何人。他已經嚇破膽了。

抱著渾身烏青，只有兩個手掌大的嬰兒，膽戰心驚。出生未久就睜開眼睛，沒有哭。他終於知道龍鱗去了哪了……這小小的嬰兒像是水晶鑄造的，肚皮薄得幾乎看得到內臟。

應該是心臟的地方，環繞著冰藍霧氣，一鼓一鼓，非常有力的跳著。

小心翼翼的擦洗後，遞給筋疲力盡的淡菊看。這個堅強的女人產後也沒有昏睡，撐著要看自己的孩子。

「是女孩。」淡菊露出欣慰的笑，又有些歉疚，「……你會生氣嗎？」

慕青落下淚，「淡菊，妳何苦故意堵我……」他吞聲數次，終究嚎啕，「百死無生才得這一點血肉，是男是女有什麼關係!?……」

只要妳們還活著就行了。就算生出來的是隻蛙兒，他也會痛哭跪謝上蒼，何況四肢健全，五官俱在。這是他和淡菊的骨肉。是淡菊忍死耐住滔天血災，幾乎付出生命才得來的愛兒。

「對不起。」淡菊笑著，頰上滑下兩行淚，「我失言了。將你視為世間薄倖兒……完完全全的錯了。」

懷著不會哭的孩子，她笑得非常美麗，疲憊的臉孔燦著柔潤的光，「師父辦不到的事情，我辦到了。都是因為你是我的夫君……所以才辦得到。」

一生一世，一雙人。

她想。我一定也在佛前求了千年，才求到了他。不管付出什麼代價，都是值得的。

*　　*　　*

淡菊只見過「趙公子」一次。女兒滿月時，因為母子身體都很虛弱，並沒有請客。但她的公公劉大人，卻著平民儒袍，從後門進府，悄悄的來探望他的孫女。

看到劉大人，淡菊愣了一下。原本她以為慕青長得像母親，沒想到錯了。她的公公看起來非常年輕，俊逸飄然，像是三十來歲的人。只是髮絲半為銀，眉間有著深刻的愁紋。和慕青站在一起，像兄弟而不像父子。

她要下床行禮，卻讓慕青按住。「父親，淡菊身體虛弱……家禮不可廢，我代行了吧。」說完就跪下磕了三個頭。

劉大人淡淡的，「心裡敬著就是。一家人，原不在這外面虛禮上。」

卻也沒有去攙他。

直到看到孫女，他臉上才出現了些笑容。「媳婦兒辛苦了。」

淡菊客氣的謙讓幾句，慕青只是接過女兒，抱給淡菊，卻也沒搭話。

一時之間，屋子裡靜悄悄的，沒人說話。

「為父已然告老。」劉大人終於開口，語氣一貫的淡然，「能全身而退，已是萬幸……落葉歸根，我也該帶你母親回家鄉了。恐怕後會無期……」

他遞了一紙單子給慕青，「給我的孫女添妝吧。」

「父親勿露怨謗之意。」慕青低低的說。

劉大人嘲諷的笑了笑，想說些什麼……還是閉上了嘴。沉默許久，他站起來，「我並不覺得我做錯什麼。我做了我該做、應做的事情。」

慕青抬頭看他，嘴脣微動，也同樣沒說什麼，只說，「父親請保重。」

他冷笑了起來，越笑越淒厲、越響，「好、好、好！誰言天家無親？

天家使我無親！」

「父親！」慕青厲聲打斷他，「皇上已經非常寬厚，保全劉殷兩家。」

「拿我獨生兒當質子？」劉大人很輕很輕的問，「我該甘心？或者你一直怨我，這樣的結果你其實是樂意的？」

「我不曾怨你，父親。」慕青肅容，「父子家豈有隔夜仇？只是……」他遲疑了一下，低頭說，「惜取眼前，以及眼前人吧。」

劉大人深深的看了慕青許久，又轉頭看抱著嬰孩，倚在床上的淡菊。真奇妙。長得一點都不像，芍臣是那樣風姿綽約，宛如豔麗牡丹，她的小徒卻如此粗陋。

但很像……非常像。覆蓋在冷靜底下，狂放詭麗的生命之火。迷住了他，之後迷住了他的兒子。

他的兒子抓住了這火，付出很大的代價。他捨不得付，所以撇了。但他從此再也沒有快樂過。他總是衡量著，算計得失，做最正確的事情。

結果他撇了所有人，所有人也撇了他。這是一筆怎樣的糊塗帳。

他好像贏了……位極人臣，一人之下、萬人之上……當了宰相，成就他終生的夢想。

但他又好像輸了……皇帝將他的獨生子當作人質似的拉攏，明裡暗裡逼他下位，他不得不告老，連探望孫女都得從後門進來。

再也算不清楚了，這一生的盈虧。

從那天起，淡菊再也沒見過她的公公。

慕青慎重的將女兒的名字取為「蘭秉」，彼時她剛滿兩歲。堅持自己哺乳，又逢那樣大傷的淡菊，一直休養到孩子滿周歲才不再時時臥床，只是身體非常虛弱，不能像過去那樣操持家務。

慕青自言已是驚弓之鳥，受不了任何驚嚇了。他遣散所有丫鬟，只留兩個老實可靠的婆子給淡菊使喚，也只有白天陪伴。下朝歸來，伴隨他的是大疊的公文奏摺，淡菊的起居飲食，只要他在家，都是他一手照應。孩兒夜啼，也是他抱著、哄著繞室而行，絕不肯假手他人。

僕傭甚少，但卻把錢花在護院身上，整個家護衛得宛如銅牆鐵壁。

他承認，早已膽落，沒辦法再負擔任何風險。

為了怕病弱的妻子在家煩悶，他在家廣種竹林，盡量重現當年的迷途小築，當然也鬧了不少笑話。他不知道自己家的井眼極淺，結果想挖溝渠，挖噴了一柱汪泉，差點把他的書房給淹了。

或者是廚房給水設計不良，結果水排不出去，女兒坐在木桶裡在廚房划船划得很樂。諸如此類，不一而足。

但只要淡菊露出笑容，他就覺得很值得。他們的女兒也跟別人不太相同……但溫良謙和，很會替人著想，那點小小的不同也就沒什麼大不了。

他很滿足。他曾經被剝奪過一切，什麼都沒有，只有無盡的黑暗和痛苦壓在背上，幾乎被壓垮。他曾經以為，除了苦苦求來的淡菊和他的劍，什麼都不會有。但上蒼還是有情的，不但把淡菊賞給他，還把他們的女兒恩賜下來。

有了孩子，一個家就完整了。他和淡菊的家，他們的「百花殺」。

對的，他在園子的西側，豎起亭柱，上面是他親自題字的反詩。這個菊圃替他惹來些麻煩……

幸好他早就揣摩透了疑心病甚重的皇上，在造亭之前就先跟皇上聊過迷途小築的故事……和那個很殺的名字。

但百花殺是一定要建的。

即使在彼時，是那樣混亂和驚痛，幾乎被摧毀殆盡。但也是在這樣肅殺的名字底下，他重建自己，和淡菊相依為命，試著站起來。回憶起來，或許痛楚，心底留著極深蜿蜒的疤痕。

但現在，現在，卻覺得無比驕傲，能夠橫渡那樣黑暗瘋狂的慘烈。正因為可以傲視痛苦的過去，他才足以成為一個替妻兒擋風遮雨的男子漢、大丈夫。即使淡菊會笑他成了妻奴，又成兒奴。

「早說了，」在金風送爽的秋天裡，他抿了抿淡菊鬆散的髮，「我這輩子願與妳為奴為僕。我可是說話算話的人。」

滿園菊傲秋霜，花金翠披離。淡菊回頭看他，眼神很溫柔，橫過鼻梁的胎記淡紅，像是火凰伸展的羽翼。不管在哪裡，都會朝他飛來。

「我會一直陪著你。」淡菊說。這樣普通平淡的話，卻讓慕青紅了眼眶。他們心意，如此相通。

向來淡漠沒什麼表情的女兒，站在菊圃中，眉眼舒展，難得的露出歡意。她引吭高歌，嗓音這樣的清亮，乾淨得宛如沒有任何雜質的風。

相依著，靜靜的聽。這一定是世界上最美的天籟，無疑的。

慕青對這點深信不疑。

（百花殺完）

番外　無心蘭

那一天，在下雨。

淅淅瀝瀝、瀟瀟灑灑，江南綿密的雨絲，潤地無聲。

他剛睡醒，正介於疼痛未甦，迷離尚近的時刻，看到他飄然而入。明明進來的人很多，但卻一眼只看到他。五官端正、細瘦，少年書生樣。穿著淺灰的袍，像是春雨時的天空色。相貌打扮，無一出色。

但瞧見他的人，心底只會出現兩個字：乾淨。

乾淨得像是要把世間所有污濁都逼開，逸脫於俗世之外。只是往那兒一站，自成一區挺拔靜默，無人可近的潔淨清風。

「在下劉蘭秉，特請朱公子脈。」淡定得幾乎沒有情感的聲音，像是深秋初凍的溪流。

大夫？少微微微挑眉。難道已經到了亂投醫的地步嗎？這少年恐怕才十五、六，比他還小呢！

「少爺，」老僕低聲說，「這位劉公子正在修業旅行途中……」

少微一凜，抬頭看蘭秉。「敢問劉公子，師承白門？」

蘭秉淡漠的神情沒有一絲波動，只有薄薄的唇冰冷的吐出幾句話，「非也。吾師承於李門。吾母師從師祖李芍臣五年，之後又傳於我。」

李芍臣的門人?!

天下醫門，唯有兩支門派有修業旅行的傳統，弟子十六即出師門，串鈴遊方，二十方歸，並將沿途醫案整理歸來，提出歸總策論方可畢業。很巧的是，這兩個醫門開山立派的都是女人。

當中最興旺的是白盟主夫人王琳開創的白門女醫學，但學生幾乎都是女子，妙手回春，使女醫崇高到空前絕後的地位，連君王都勒令遇官不拜，逢堂不跪。曾有「可憐天下父母心，不重生男重生女」的譏諷。

但比白夫人醫術更為高深、驚世絕艷的神醫李芍臣，卻子弟凋零，極其罕見。雖然只是個修業學生，難怪絕望的父母會將他找來。

「如此，便麻煩劉公子了。」他伸出手臂。

蘭秉點了點頭，伸手搭上少微的脈。

涼。這是第一個感覺。不像是人的手，像是只剛從深湖底撈起的白玉，冷涼沁膚。指腹柔軟，指甲修剪得短而整齊，只是有些細小傷痕，淺白的在形狀優美的手背上。

蘭秉診得很仔細，約一頓飯時，又請侍者寬去少微的衣服。這個時候，他才出現表情。像是用玉雕琢而出的面具，突然活了過來。

「朱公子，得罪了。」依舊清冷的聲音滲入了絲微暖意，「劉某需觸診，冒犯之處，尚祈見諒。」

他閉上眼睛，從小就病到大，他早已經習慣旁人的碰觸。「劉公子請放心施為。」

觸及他如鼓的腹部，少微也只是微微皺了皺眉，又訝異的張開眼睛。

蘭秉的手很穩，很輕，冷涼的手小心觸探，像是在對待嬰兒。和他表情和聲音的冰冷不同，反而顯得溫柔撫慰，沒有絲毫動搖的眼睛，關注著少微的神情，只是一點擰眉，他都會放得更輕些。

「男子懷胎，是很特別，對吧？」少微自嘲的笑笑。

「男子不會懷胎。」蘭秉淡淡的回，洗手擦乾，一展袍裾，默然的看著少微。涼久方道，「是胎不錯，卻是你無緣的同胞兄弟。」

珠簾後的朱夫人尖叫起來，「你說什麼?!」

蘭秉的表情連變都沒有變，「朱公子的肚子裡頭不是癰腫，是應該跟他一起生下來，卻沒能生下來的雙胞兄弟。」

朱老爺抖了會兒嘴脣，「……怎麼可能呢？」

蘭秉垂下眼簾，依舊是淡然的神情，「可能的。雖然隱約，但我觸診到脊椎……」之前可能是被包覆如球，內有體液。雖隨歲月增長而壓迫內臟，但不至於致命。但不知道哪個庸醫胡亂下針行藥，使得體液外洩，才會危急到這樣。

看起來，只能手術取出，清洗內臟。裡頭可能已經發了炎症，聞病人氣味極惡，恐怕已經化膿在內。

他的眉皺緊，他原本冷淡的神情因此起了絲變化，像是寒湖起了漣漪。宛如風過靜竹，龍吟細細。他原本淡漠乾淨到隔絕世俗的氛圍，有了溫和的暖風。

「朱公子身體太弱……挨不住刀。」他淡淡的說，「劉某恐怕只有兩分把握。」他細細說明如何動手術醫治，講解給朱公子聽，旁人聽得心驚肉跳，矯舌不下，朱夫人在簾後已經昏過去了。

瘦得只剩一把骨頭，雙頰凹陷宛如餓鬼，只有腹大如鼓的少微卻輕輕的笑了。「比我想像的還高。」

蘭秉安靜了一會兒，語氣更回溫些說，「你若有此決心，我就有三成把握。目前你已經血不歸經、無法飲食，飲食無法養人，再耗下去只是拖日子罷了。」

但朱老爺和朱夫人都不同意。他們從來沒有聽說過開腸破肚後取出異物，重新縫起來還有人活的。即使是李芍臣師門的弟子……畢竟不是那個究極天人的李神醫。

蘭秉輕嘆一聲，神情恢復淡漠。「病家總是要拖到必死，醫家豈呼奈何？」他起身告辭，回頭看少微一眼，「朱公子，你還想活的話，差人去隔壁牛家莊找我。我正在幫他家公子治腿。」

朱老爺遲疑了一下，「那牛公子……可能痊癒？」誰都知道牛公子摔在山溝，又信跳大神延誤治療，一條腿早廢了三、四年了，整個外八字，站都站不起來。

「耽誤到這地步，哪能痊癒？」蘭秉淡然，「少了半寸，會瘸的。鞋子得特別做，走路也不甚好看。」

「你、你是說……他還能走？」朱老爺失聲叫起來。

「我打斷重接了。不是拖太久，他不會少那半寸。」蘭秉一揖，面無表情的轉身離開。

他走了。像是一股乾淨的風，來無形而去無影。但微薄的希望也隨之遠去。少微看著他決然冷靜的背影，沒來由的覺得惆悵。

走出朱府，蘭秉淡不可聞的嘆了口氣。他思忖著該如何準備，這樣大的手術他的經驗也不多，某些藥物不容易保存，得提早預備下藥材，得好好計畫。他有預感，很快的，他會再見到這個病人。但希望不是見到他的屍體。

漫了韁，他沉思著整個診斷的過程，每個細節像是在他腦海裡播放了一遍，如此清晰，毫無差錯。模擬著如何下刀，和怎麼解決每個環節的重大問題與危險。

牛家借給他的識途老驢，慢騰騰的往向歸家的路。

＊　＊　＊

又是雨天。

剛把好不容易吃下去的燕窩都吐了個乾淨，少微覺得非常疲倦。呼吸惡臭灼熱，高熱不退，全身劇痛。他也明白，自己的日子不久了。

盯著灑然霧樣的春雨，他溢出一絲嘲諷的笑。再幾個月，他就該行冠禮了。但他臥病幾乎臥了一半歲月。這幾天又邀了幾個名醫來，但不是模擬兩可，虛言敷衍，不然就是搖頭就走。

唯一肯給把握的，只有那個極年輕的學生大夫，乾淨的劉公子。

其實他早就不耐煩了。生或死，都給他一個結果。那個少年大夫，膽識很好。

「……孫伯，」他虛弱的喚著老僕，語氣卻依舊有沒放棄的堅持和尊嚴，「劉公子還在牛家莊嗎？」

「是。」孫伯恭敬的回答，「牛家公子現在在練走了。半年工夫而已呢……」

「你去瞧瞧劉公子有空沒有。」他抿了抿毫無血色的脣，「老爺、夫人問起，就說我主意的。」

「少爺！」孫伯大驚。

「別怕。」少微笑了笑，「我躺得悶了，找他來談談而已。」

閉目假寐，疼痛和久病折磨得他虛弱不堪，但並沒有讓他神智糊塗。有些忐忑，良醫都有些傲氣，不知道那少年大夫肯不肯來。

還沒睜眼，他就知道，劉蘭秉來了。那種乾淨的、隔絕的氛圍，和凡俗沒有半點關係。

他睜眼，正對蘭秉那雙清冷的眼睛，「朱公子，你元氣漸失。我開劑藥膳，暫時固元吧。」

「……我吃了就吐。」他輕輕的說。

「少量多餐。」蘭秉坐下來開藥方，「一次飲半茶盅，半個時辰一次。吃不下，就灌。」他冷厲的看過來，「我不想看到你不是病死，而是活活餓死。」

少微安靜下來，示意老僕拿了藥方去，他久病怕聲，通常只有老僕在眼前伺候。

「劉公子，你有兩分把握嗎？」他問。

「現在剩下兩分了。」他專注卻淡漠的看著少微，「你又耗損了些。」

「……你不如開劑讓我看起來似乎垂危的藥方。」少微出乎意料的說，「好讓我的爹娘同意動手術。」

他的表情沒有變，只是垂下眼簾，「是藥三分毒。我不能殘害我的病人。」

「那我就該慢慢等死嗎？」少微尖銳起來。

蘭秉微彎嘴角。少微吃了一驚，沒想到他會笑。

「朱公子，我並沒有放棄你。」蘭秉輕輕的說，「但我不能在病眷反對的情形下動手術。因為病眷的心情牽連病人的心情。你決心若此，就說服你的爹娘吧。強行之，只是讓機會更稀少罷了。」

伸出白玉似的手，「朱公子，我再診看看吧？」

沉默了一會兒，少微交出自己的手。

蘭秉的藥膳有效，能進飲食後，少微略有精神了。但父母堅決不同意手術，朱夫人甚至以死相脅……卻忙著給他談親事。

居然沒人相信他會活下去。他略感荒謬，卻心平氣和。或許是那個年輕的大夫，淡漠卻堅決的說，不會放棄他。

朱夫人對蘭秉非常不客氣，甚至出言侮辱。但那個年少大夫卻罔若無聞，時時來訪，用一種專注而冷淡的眼神關注著他的病情。

大概沒有人比他還了解少微吧……就生理而言。

但他來，少微就覺得可以呼吸。像是低垂在昏暗病房的不祥陰影就會淡了許多。或許是乾淨到沒有情感，所以連死亡和病氣都忌憚而稍離吧？

他知道自己只是拖著。但他不甘心，不甘心。他還想活下去，他還有許多事情想做。他不想沒有拚搏就此認命死去，死在從未謀面的雙胞兄弟手裡。

但他也沒想到，許久未發的哮喘，才是真正差點奪去他性命的真凶。在嗆咳與越來越嚴重窒息中，他看到大步奔來的蘭秉。

沒有一絲焦躁，一絲情緒，像是乾淨的風掃蕩了整個屋子的陰沉。衣袂飄舉的他，真像是從天而降的仙人。

使出最後一絲力氣，他拉住蘭秉冰涼若冷玉的手，「我……想活。」

在他昏迷前，那隻手抓緊了他，像是要拯救一個溺水者般。

*　　*　　*

少微在劇痛、割裂和紛亂的狂夢中不斷跋涉。足下泥濘，漸成沼澤，無路可行。

但他這樣一個倔強的人，沉默卻不認命的人，就算沒有路，他也硬要穿過無邊無際的沼澤，絕對不要被吞噬。直到沼澤漸漸成了流沙，動一步就陷得更深。漸漸埋住了胸口、頸項，沒過口鼻，他勉強抬起來，發出一聲不甘心的吶喊，伸出手……

白玉般冷然的手，接住了他。

緩緩睜開眼，疼痛也隨之漸漸甦醒。還沒睜眼前，就知道蘭秉在身邊。那種奇異的、乾淨而疏離的氛圍。

他半垂眼簾，憔悴異常，眼下的黑眼圈快直抵臉頰。但他的態度還是那麼閒適、安然，像面對的不是垂死的病患，而是他看顧的一株花木。

幾乎是少微一睜開眼睛，蘭秉也隨之抬眼。毫無畏卻的直視到少微的眼底。「水？」他問。

少微眨了眨眼。他發現腹部疼痛如火灼，但他卻覺得，自己可以活下去了。現在他很渴，非常非常渴。

蘭秉卻不給他喝水。他拿了團棉花沾水，擦拭少微乾裂的脣，又沾了些，讓少微吸吮。還是渴。

「你需要喝水，但不是現在。」蘭秉的聲音沙啞，卻冷靜，「一、兩個時辰後吧。你挺過來了。治好你，我現在有五成把握。」

謝謝你。少微很想說話，卻只能眨眨眼。他想朝下看那個讓他痛苦又屈辱的病根……卻看不到。

「的確如我診斷般，是你無緣的兄弟。」蘭秉淡淡的說，「肉球半癟，滲了不少在你肚子裡，幸好還能剝離。五內我也已然用烈酒、藥物洗滌清理，當是無礙，你出血也不多。」

少微抬眼看他。說得這樣淡然，當中多少爭執和決斷？

「沒遇到什麼困難。」蘭秉非常非常淡的笑了笑，「沒出任何我意料之外的困難。你只要好生調養，必可恢復如初。」

但他這樣憔悴，不會一直守在這兒吧？少微看看他，又轉眼看門口。

「我是該休息一下。」蘭秉扶著床站起來，「還有段路要走呢。」

他走了出去，原本可以忍耐的疼痛和飢渴瘋狂的爬了上來，讓少微險些昏了過去。但守在外面的親人都衝了進來，一屋子發鬧。

母親痛哭，不斷罵蘭秉差點弄死少微。還是父親將母親勸了出去。老僕拭著淚，嘮嘮叨叨這幾天的經過，他才知道他昏迷了兩天。那天他因哮喘發作差點氣絕，蘭秉剛好來了，急救之後，父親終於點頭同意手術。

蘭秉作好一切準備後，將所有人趕出簾幕，本來孫伯是不肯的，但蘭秉扔了把小刀子，入牆沒柄。他冷冷的說，不出去的人可以試試看他的刀夠不夠利。

他們只能圍在奇怪的簾幕外看，但沒多久就幾乎都逃出去，嘔吐不已。那個年輕的大夫像是屠夫般切開少爺的肚子，取出一個可怕的肉球。切開來裡頭有骨頭和毛髮，還有一些奇怪的肉塊與內臟……

孫伯是唯一顫著腿肚子看完的，但他年老，經此驚嚇也病了一場。

他救了我，少微想。如他承諾般，不曾放棄我。用如此驚世駭俗的方式救了我。他的飲食有人照顧嗎？照料我這些天，就憔悴成這樣。他大概都沒睡吧？

咽了咽乾渴到疼痛的嗓子，少微低啞的用氣音說，「好……生照料……劉公子……」待孫伯拭淚點頭，他才昏昏睡去。

蘭秉只睡了兩、三個時辰，就醒來替他複診。之後不厭其煩的交代如何料理傷口，該吃些什麼，留下菜單和藥方。

「你已經度過危險期了。」他淡然的說，「照這樣調養就好，我另有病人……每兩天都會來看你一次的。」

「多謝劉公子救命大恩。」他低啞的說。

「何須言謝？醫者本分，為所當為。」蘭秉淡淡的笑，神情依舊冰冷，卻柔和許多，轉身飄然而去。

但他卻沒再見到蘭秉。

那是一個脾氣太直的少年大夫，絕對不會討他母親喜歡的。聽說為了他的飲食就吵了起來，最後讓朱夫人轟出府去。

朱夫人另外請了所謂的名醫來照料他，大約是脾氣很好出名的。他無奈的笑。脾氣好卻治不了他，卻轟走救了他的命的人。

但他的虛弱殆死實在說服不了人，連抗拒都缺乏力氣。但開刀過了五天，他越發疼痛，腹部的傷口像是燃著火，細細灼燒，讓他額頭總是沁著一層薄薄的冷汗，再多安神藥也沒辦法讓他睡去，只能掙扎著，咬緊牙關忍著。心底雪亮著，情形恐怕不太好。但若他死了，母親絕不會與蘭秉罷休。但屋裡的屍臭味卻越來越重。

昏昏沉沉中，聽到他的父親和母親在爭執，他只能心底不斷苦笑。連疼痛感都鈍了，恐怕真的不好了……

床帳猛然一掀，蘭秉出現在他床前，第一回，他瞧見冰冷的少年大夫發怒。「非耽擱到死了，才不用攔我麼?!」蘭秉聲音高亢，向來蒼白的臉孔染著深深的怒暈，「通通滾出去！」

蘭秉轉眼，冰冷的眼眸燃著兩簇偏執的火，「相信我麼？」

沒有力氣點頭的少微眨了眨眼。

「你會很痛，而且我會非常無禮。」蘭秉一把撕下繡得華美的床帳，成了幾條碎布條，「不能再耽擱了！」

他眨了眨眼，鼓勵的看著蘭秉。

蘭秉跳上床，把他的手捆在床柱，並且迅速的把布條塞在他嘴裡綁起來。粗魯的扯開他的衣服，露出滲著血水和膿液的繃帶。一刀而裂，繃帶盡斷，濃烈的屍臭味連他自己都嗆了一下。

蘭秉看著繃帶卻更怒，原本白玉雕就無甚神情的他，瞬間活了過來，嘴角微微抽搐，「……香灰！用香灰裹傷……」他咬緊牙，不再說話，只是取出另一把小刀，直接剖開部分癒合卻滲著膿的傷口。

……痛，非常痛！即使是病得這樣久，連這般手術都能挺過的少微，也忍不住掙扎起來。他想狂叫，卻因為嘴裡的布條，只能發出淒厲的悶嗚聲。

但蘭秉卻恢復毫無表情的神態，拉拔開他的傷口，用烈酒和藥物盥洗。像是這樣折騰還不夠似的，朝著裡面塞著永遠塞不完的藥布。他就這樣無情的跪在少微的腿上，讓他沒有一絲掙扎的餘地，也無視少微枯黃臉龐不斷流下的淚。

少微最後全身一鬆，臉一偏，昏了過去。卻是蘭秉已經完成的時候。

疲倦的蘭秉從床上下來，解開他枯瘦的手腕和被綁著的口。用溫水拭著他的汗和淚，蘭秉輕輕的說，「……你很勇敢。這樣都沒能殺死你。」

傷口潰爛腐敗，牽連內腑，擠出來的膿血已然泛綠，恐有兩大海碗。血毒已行遍全身。別人早就死了。就算蘭秉……也沒把握將他救回來。

蘭秉仰首片刻，沒有表情的擰緊墨眉。他冷靜的走出去，吩咐收拾屋內和交付藥方與所需用品。

朱公子沒有放棄。他，劉蘭秉，也不會放棄的。

* * *

他是痛醒的。但這痛卻尖銳、清晰，不是那種漸鈍漸悶，覺得自己漸漸死去的痛。

轉眼看到支肘闔目的蘭秉，淡然如風的少年大夫，眉眼稍頭卻帶著輕微的倔強和怒意。原來他也是會生氣的。

痛漸漸劇烈，他咬緊牙關，卻還是逸出微弱的呻吟。蘭秉的眼睛立刻睜開，銳利兇猛，甚至有些殺氣。但只有一瞬間，他的眼神又寧靜下來，看著少微，「飲食不當，傷裏入毒，我把握少了。」

少微扯了扯嘴角，用氣音說，「我相信你。」

蘭秉沒再跟他討論過病情，只是完全接手照料他的一應大小事務。飲食藥餌，都親自處置，不假手他人。

少微心底雪亮，這次的耽擱恐怕非同小可。他日益虛弱，連起身吃藥都不成，都是蘭秉半扶半抱的餵，雖然極力勉強自己，還是吃不了什麼。

每天到換藥時間他都會輕顫，必須把塞進傷口裡的藥布拖出來換新的。初次急救是來不及下麻藥和針灸，但之後發現吃了太多藥的少微，針灸或麻藥的止痛效果薄弱到等於沒有。

他只能忍著，冒著冷汗和虛弱，忍著。就在某個幾乎忍不住的夜裡，他初次萌生死志的夜裡，他低啞難聞的說，「蘭秉，跟我說說話兒。」

那淡然若風的少年大夫，愣了愣。「……疼得非常厲害？」

「除了疼，什麼都能說。」少微閉上眼睛，「蘭秉，你母親是醫姑淡菊吧？那你應該是劉丞相的公子……不為良相，便為良醫？」

蘭秉有些犯難。他鮮少提及自己……或說他除了看病，和人少有接觸。只是朱公子費這麼大的力氣講這串話，已經面汗唇白。

分心他顧，或許不那麼痛。這人被摧殘到連不痛的權力都沒有了。

「不是。」他坦然回答，「良相、良醫什麼的，我都沒想過。也不是繼承師門、慈悲為懷……」他沉默了會兒，「是因為，我只認得病人的臉。」

少微回眼看他，滿是詫異。

蘭秉思索整理了下，「我在母胎時，受過傷。其實應該必死，但我父母都能醫，設法保全下來了。但我也因此與他人不太相同……我不認得任何人的臉。」

就像分不出兩隻相同毛皮的貓有什麼不同，分不出細微差異的同樹之葉。在蘭秉眼中，每個人都長得一樣，同樣有五官，但他分辨不出細微和差異。

甚至連父母都認不出來……只能靠聲音分辨。

他能讀書識字，生活日常都無困難，但他不認得任何人。幼年時，有段時間，他覺得很孤獨，活得很辛苦。他必須豎起耳朵，像是個瞎子似的倚賴聽覺去分辨別人，但還是常常叫錯。

每個人在他眼中都是陌生人，他也因此與人疏離，連父母都不親近。

「但我五歲時，有個照顧我的丫頭中暑昏過去了。」蘭秉淡淡的說，「我把她拖到樹蔭下，取了人馬平安散來，吹到她鼻子裡，用涼水擦她的四肢……等她甦醒……」他淺淺的笑了起來，「我認出她來了。原來她就是小墜兒。」

千人一面中，突然出現一張臉孔，他能分辨了。不用開口就可以在人群中認出來，原來是這種感覺。

「只要是我醫好了的人，我就可以認出他們來，永遠都不會忘記。」他眼神柔和下來，「七歲時，我認出了母親，隔年認得了父親。從此我就知道，我要當大夫。」

他安靜了一會兒，「母親說，我胎中就傷了神，情腑萎縮。所以我情感極淡……但醫治病人時……」他想了想，「我終於能夠體會別人的感情。」

少微注視了他好一會兒，費力把枯瘦的手覆在他如玉般清冷的手指，「所以你體溫這麼低？」

「凍著你？」蘭秉有些歉意，「我胎虧體寒，把脈前我已經設法捂暖些，沒想到還是凍著人。」

少微虛弱的搖頭，低啞的說，「你認得我的臉了麼？」

蘭秉慎重的回答，「我會認得的。」

少微淡笑，「蘭秉，等你認得我了……咱們去洛陽看牡丹。」

「牡丹？」他愣了愣，「丹皮主寒熱，中風瘈瘲、痙、驚癇邪氣，除癥堅瘀血留舍腸胃，安五臟，療癰瘡。」

少微忍不住笑出聲，牽動傷口，額上滲出大滴的汗，心底卻覺得舒緩些。「……蘭秉，你心底只有醫術麼？」

蘭秉低頭思索，才道，「似無其他。」

「我心底也只有花呢。」少微望著帳頂，「我想好起來，想尋訪天下奇花。洛陽牡丹、雲南大理，杭州荷，嶺南梅……五柳先生的菊圃，不知安在……」

「在我眼中，都是藥材。」蘭秉承認，「但我想在你眼中，應該是你最愛的，足以讓你活下去的東西。跟我對病人是相同的吧。」

少微沒有說話，好一會兒才淡淡笑問，「那，跟我去洛陽看牡丹嗎？」

蘭秉偏頭想了想，「牡丹花期二十日，應該可以吧。我趁機去收購丹皮。」

他稍微握了握蘭秉的手，輕輕的嘆了口氣。

果然情感極淡，無心蘭。

無心也好，也好。不然同為男子，又能如何……他憑什麼強留這淡漠的風？

* * *

第二十天，蘭秉疲倦的坐在床頭，看著生命之火漸漸熄滅的少微。

他要死了。再也不能分辨他的臉。蘭秉輕輕擦著他額頭的薄汗，呼吸極慢極慢，幾要氣絕了。其實到這地步，通常蘭秉就會放手了，讓病親圍繞，讓病人好好的走。

但這是一個讓他太感動的病人，元氣早散，支離破碎的病人。蘭秉的手術和處置都沒有問題，他並不懊悔自責。會導致如此結果，是病家的愚昧和少微耽擱太久。

他沒有足夠的體力挺過去，而血毒肆虐，醫藥罔顧。若不是蘭秉用針強度的護住心脈和腦子，恐怕早廢了、死了。

但少微堅強的熬了這麼久，用這麼不可能的虛弱熬到今天。讓蘭秉這樣敬佩，敬佩到很想認出他的臉。

少微睫毛微動，睜開一條眼縫看他，手指輕顫。蘭秉已經習慣他的語言，握住他溼冷的手。

他費盡力氣，臉頰帶著迴光返照的病樣紅暈，幾無可聞的說，「……洛陽。」眼神依舊清亮、堅定。

蘭秉望著他，良久方道，「明年洛陽見。不見不散。」終於下定決心。

少微扯了扯嘴角，卻窒息得吸不到空氣。他痛苦的抓向自己的喉嚨，卻徒勞無功。蘭秉抓住他的手，固定在少微頭側，「朱公子，相信我。且恕我無禮。」

他將唇貼在少微乾裂捲皮的唇上，像是溫冷的玉。甚至他的舌尖伸到少微的嘴裡，驚得這個未經人事的病公子忘記抗拒。

像是很久，又像是很短。他只覺得心魂都飛於九天，不知身在何處，只覺一丸清涼隨著蘭秉的舌尖塞入他的舌下，忍不住哽了哽，蘭秉卻用一指抵住他咽喉，「別嚥下。嚥下我必死無疑。」

蘭秉用單手抓著他兩隻手，幾乎整個壓在他身上，一指輕抵著咽喉。他的臉不禁越來越灼燙，又羞又怒，「你……」

但他沒辦法出第二個字。舌下的清涼變成烈火，直接燒入他的血中，幾乎讓他氣絕。他終於明白為什麼蘭秉要用這樣尷尬的姿勢壓制他，不然他一定竭盡所能的往牆上砸去，只要能夠擺脫這種致命的焚燒就好。

蘭秉一直冷冷的看著他，看著他，只在他幾乎要發狂的時候，用額頭抵著他。蘭秉的體溫非常非常低，簡直跟冰沒兩樣。

在他以為自己會被燒成粉末的時候……所有的痛苦像開始時一樣迅速的消失無蹤。渾身大汗，虛弱，卻像是泡在熱水裡一樣懶洋洋、昏昏欲睡。所有的痛苦和疾病都已遠離。他知道自己會好起來，終於終於，終於脫了病體。

「還我吧。」蘭秉低低的說，「不能，別用手。我會死的……」他俯下頭，從少微的舌下掏出那丸清涼，嚥了下去。

他起身欲走，袖子一緊，少微神情複雜的看著他。滿心想問，怕他不是人。但不是又如何？「……你認得出我了麼？」

蘭秉點頭，「原來朱公子是這樣的。」

他微微笑，原本血氣略薄的唇已經褪如白紙，「洛陽花開日，我必前往。」

抽袖而去，就這樣失去了蹤影。

少微的病奇蹟似的痊癒，半年後就可行動自如，舉家欣喜若狂，大宴數日。但他的心，卻病了。一直都是冷的，怎麼樣都暖不起來。

＊　＊　＊

別了少微後，蘭秉急急的往山中疾行，很罕有的施展了輕功。自從他立誓為醫後，為了路途平安，於武也下過功夫。師父盛讚他是百年難遇的武林奇才，只有他自己才明白，倚賴的不過是「保命符」罷了。

直到無人可及，光滑絕倫的孤峰頂，他才癱軟的躺下來。從來不曾用「保命符」干預他人生死過……這次是怎麼了？

但他，真的很想知道，朱公子到底長什麼樣子。

發現自己再不能動，暗暗苦笑。將來想用「保命符」干預，大約也干預不得吧……真是太莽撞了。閉上眼睛，臉上開始附上水珠、成冰，峰頂漸漸起霧成霜，飄起大雪，將他掩埋了。

他說得輕描淡寫，但在胎兒時，已逢大難。他的母親被開腸破肚，幾乎將他掏出來……當了紫河車這味藥。父親親手醫治，但他心跳已經停止，母親垂危，子宮重創，將來無再孕可能。若不是軒轅國主遺留下來的一片龍鱗，入體代替心臟跳動，他連出生的機會都沒有。

對這一切，他都很感恩。他居然能出生、活著，被父母寶愛，已經是絕大福分。出生如此之不易，小小損傷，例如情俯萎縮，根本不算什麼。

他心底湧起淡淡的歉意，真不該如此鹵莽。弄個不好，他就會死，讓父母竭憚心力的苦意都化為流水，不知道讓他們多傷心。現在龍鱗珠失去太多火靈，不知道能不能靜養過來，亦是未知之數。

蘭秉靜靜的昏睡過去。在他體內代替心臟，龍鱗化成的珠子，不斷的吞噬溫度，默默修補自身靈力。

於是那孤峰，緘默的飄了一年的雪，無人可近。

＊　　＊　　＊

「千片赤英霞燦燦，百枝絳點燈煌煌。」〈白居易·牡丹芳〉

牡丹花期甚短，一旦花開，舉城若狂鬧牡丹。

歷盡千紅萬紫，少微在一株白牡丹前停駐。滿庭花艷，唯有這株白牡丹孤於水畔，自照自芳。管竹細細，透過水面而來，湖池瀲灩。

牡丹花開日，伊人未來。

將養了一年，他奇蹟似的恢復了健康。竟從瘦骨支離宛如餓鬼的活死人搖身一變，成了風神秀異、翩翩謙謙的佳公子。

臉上依舊殘留著病弱時的蒼白，但和陽一暖，就有淡淡霞薰。更顯得眉眼極好，朗俊異常。但他飽受過重病折磨，大難餘生，反而去了少年人的跳脫浮躁，顯出有些沉鬱的穩重。

雖然半生幾乎都纏綿病榻，但他病中無事可為，只能讀書，念了這麼十來年下來，倒也沒讓他花太多力氣，就取了個秀才。薄有功名，家財萬貫，原本避之不及的人家，現在搶著把庚帖送進門來。

但他總是淡淡的，直言道，「不可共患難，自不可共富貴。」輕輕的推掉那些親事。

遠來洛陽，朱夫人堅持不允。但他沒說什麼，只是整理了行李，逕自啟程。死過一回的人，總是比較任性的。回去會被怎麼責罰，他倒不太掛懷。真正讓他煩惱的是，蘭秉會不會來，認不認得出他來。

像是回答他一般，分花拂柳，神情冷然的蘭秉，帶著那股隔絕而乾淨的氣息，讓一園花鬧盡默。

立定。蘭秉微微淡笑，一揖，「朱公子，蘭秉赴約而來。」只覺眼中酸楚，胸口發脹。整年冰冷懸著的心，終於暖過氣來。真奇怪，這樣冷然乾淨的風，卻讓他暖起來。

「劉公子果是信人。」他亦一揖。遲疑片刻，卻去執了蘭秉的手。果然。他的心整個沉下來，見面就覺得他血氣極虧，脣無點色。觸手更冰冷無溫，像是湃在冰裡的玉。

蘭秉想將手抽回，「仔細凍著。」少微卻拉得更緊，試著捂暖。

相對無言。良久，少微方低聲，「蘭秉，劉丞相無子，唯有一女。」

蘭秉輕嘆一聲，「無心者何別也。自習醫後，我已絕釵裙，改釵為弁。」

「何以故？」

蘭秉沉默了一會兒，輕輕一笑，「我不想只看女人的病。這天下的人可多了，只看一半人口……太狹隘。」

很蘭秉的回答。少微淡淡的笑了。即使是女子，他又怎麼困，何以困這乾淨淡漠的風？是不是女子，又有什麼不同？

「再邀你看花，你可願來？」少微和他並肩看牡丹，執著的手沒有放，極輕的問。

蘭秉微訝的看他，躊躇片刻，「朱公子自要成家立業，同賞之人甚多，何須邀我？」

「不管那些，我只問你來不來。」他很執著。

蘭秉低頭良久，淡悲一笑，「來。」

相聚十日，只是執手賞花，少言寡語。偶發談興，少微論花，蘭秉談醫，有些雞同鴨講，卻又異常的和諧。

城外相別，蘭秉一揖到地，少微折柳相贈，他接過來繫於車轅，便趕車驅馬而去，並無回顧。

少微卻站在城外看著他，直到拐了彎，遮了身影，還站了許久許久。

＊　＊　＊

如此三年，一年只有三、五回會面。蘭秉萍蹤不定，少微也忙著主掌家業，並且做著花卉買賣。但朱家生藥鋪子遍布天下，要尋蘭秉的蹤影不是太難，往往可以因此接到少微寫的信，只是蘭秉沒有回過。

或許是困惑，或許是淡哀。她深知自己的問題，無心傷人反最深。可以的話，她不想傷害自己的病人……雖然她也不明白，為什麼要跟病癒的病人執手賞花。

她也不明白，明明賞花沒有什麼感動的情緒，卻讓病癒的朱公子握著手，就有情緒。所以她不回信。

或許，蘭秉的情感非常淡，淡到觀花無感的地步。但她比一般人要聰明、理智。她深知這世間的禮法，才能小心翼翼的不去碰觸，儘可能活得像個正常人。

要像個正常的姑娘出嫁服侍公婆、相夫教子，她做不來，害人害己。她的父母都知道她的問題所在，所以才容她改換裝扮，當個男人。

朱公子……她不懂。愛慕她的人不是沒有，男或女。但她都能去而不顧，心底無絲毫縈懷。只要一小段時間，這些曾經的病人就會忘記她，對面不相識。

只有這個人，朱少微。他甚至淡淡的說過，他要儘早獨立，好能自己造個園子，讓蘭秉來賞花、住下、行醫。明明蘭秉不能回應。

直到有一天，五年都已經過去，她的修業旅行結束，返家與父母相聚。她接到少微的信，裡頭只寫了兩句話。

隨信附著園子的地契、鑰匙，和一盆沒有心的蘭花。

看了許久許久，她沉默的坐在黑暗中。想著那雙灼灼的、怎麼都不肯放棄的眼睛。

第一次，她回了信。她撿了一塊「當歸」，封在信裡，讓來人帶回去。

＊　＊　＊

等少微接到這封信時，他坐在剛完工不久的園子，聽著竹風。拈著那塊當歸，他微微一笑。

五年。為了留下這潔淨的風，他花了五年的時光。

幸好是女子，阻力比較小。他想。但若是男子，好像也沒什麼不同。是蘭秉就可以了。

是那個淡漠的大夫，帶著冷然的傲氣和執著，隔絕又乾淨的風，就可以了。甚至有沒有心，也不重要。他有就可以了。

對著月，他低低的說，「蘭秉，陌上花開，可緩緩歸矣。」這就是他信裡的內容。

握在手心的「當歸」，就是那朵無心蘭最盡力的回答。

（無心蘭完）

作者的話

其實《百花殺》在二月十三日就幾乎寫完了，我卻扔到五月十一日才把最後三回的結尾完成。

故事其實都想好了，只是我提不起勁寫……整個故事都籠罩著病氣和痛苦，我沒事幹做什麼寫這種虐心的小說……（嘀咕）

但故事都快完結了，就卡在最後關頭，我總是得善始善終，對吧？所以在做了無數心理建設之後，我強迫自己寫完了。

這不是個令人愉快的故事，我也知道許多讀者不喜歡。但我不能不寫，就算寫了我自己也被虐個要死不活的。

我並不是個陽光的人，我內心的幽微非常病態。冷眼觀察這樣的病態已久，我也會有話想說。或許，活得不是那麼正常，傷痕累累，怨天尤人。但沒有人說，病態過就永遠沒救了，不是。

人能不能得救，是看自己想不想被救。只要神智還在，就沒有理由拿病態當藉口。我敢這樣大聲說，是因為我被心理疾病糾纏了一輩子。

我的確不是個稱職的媽媽，但我沒有逃避我絲毫該負起的責任，比沒有心理疾病的人還強很多。我會因病而耽溺，但我從來沒真的溺死過……該幹嘛就幹嘛去，我不曾因為病態就拒絕該背負的任何事情。

所以我特別不能忍耐軟弱的人。有家暴傾向的男人放縱自己的脾氣施加暴力，這是一種軟弱。色情狂放縱自己去強暴女人，這也是一種軟弱。憂鬱症患者用自殺情感勒索自己的家人，這，也是一種軟弱。

所以我才說，只要神智還在，任何病態者都有得救的機會。因為神智不是給你拿來蒙蔽用的，而是拿來克制、壓抑，強迫自己站起來的。不是給你和稀泥或者當爛泥用的。

因為人類是社會性的動物。你想在社會生活下去，就得遵照社會的常規，好好的把病態收起來。不然就跟我一樣，設法自給自足的隱居吧。忍受寂寞、忍受孤獨，不要給社會帶來麻煩。

這就是等價交換原則。想要什麼，就得放棄些什麼。最少作為一個社會性的生物，不要給社會添麻煩。

慕青是病態，其實淡菊也是病態。但這兩個病態者，還是能痊癒活得好，不管是不是真的痊癒。

其實我真的不懂那些軟弱的傢伙。成年人大約有兩百零六塊骨骼，我嚴重懷疑這些人每根骨骼都是軟骨，所以不會有骨氣這種東西……

我的確不是個脾氣好的人哪，怎麼隱忍，還是會爆發。不過，管他的。我也只能遵從我心，遵從暴君殘虐的指令，寫，繼續寫，不要停。

原來我會寫虐文，就是因為我被折騰得很習慣了。（苦笑）

希望與諸君共度這被暴君凌虐的漫長旅程……願暴君與諸位同行。

蝴蝶2010/5/31

國家圖書館出版品預行編目資料

百花殺 / 蝴蝶著. -- 初版.
-- 新北市板橋區 : 雅書堂文化, 2010.07
面 ; 公分. -- (蝴蝶館 ; 40)
ISBN 978-986-6277-27-6(平裝)

857.7 99011019

蝴蝶館 40

百花殺

作　　者／蝴　蝶
發 行 人／詹慶和
總 編 輯／蔡麗玲
執行編輯／蔡毓玲
編　　輯／林昱彤・劉蕙寧・詹凱雲・李盈儀・黃璟安
封面設計／斐類設計
美術編輯／陳麗娜・周盈汝

出版者／雅書堂文化事業有限公司
郵政劃撥帳號／18225950
戶名／雅書堂文化事業有限公司
地址／新北市板橋區板新路206號3樓
電子信箱／elegant.books@msa.hinet.net
電話／(02)8952-4078
傳真／(02)8952-4084

2010年7月初版一刷　2013年6月初版五刷　定價220元

總經銷／朝日文化事業有限公司
進退貨地址／新北市中和區橋安街15巷1號7樓
電話／（02）2249-7714　傳真／（02）2249-8715
星馬地區總代理：諾文文化事業私人有限公司
新加坡／Novum Organum Publishing House (Pte) Ltd.
20 Old Toh Tuck Road, Singapore 597655.
TEL： 65-6462-6141　FAX：65-6469-4043
馬來西亞／Novum Organum Publishing House (M) Sdn. Bhd.
No. 8, Jalan 7/118B, Desa Tun Razak, 56000 Kuala Lumpur, Malaysia
TEL：603-9179-6333　FAX：603-9179-6060

蝴蝶 Seba

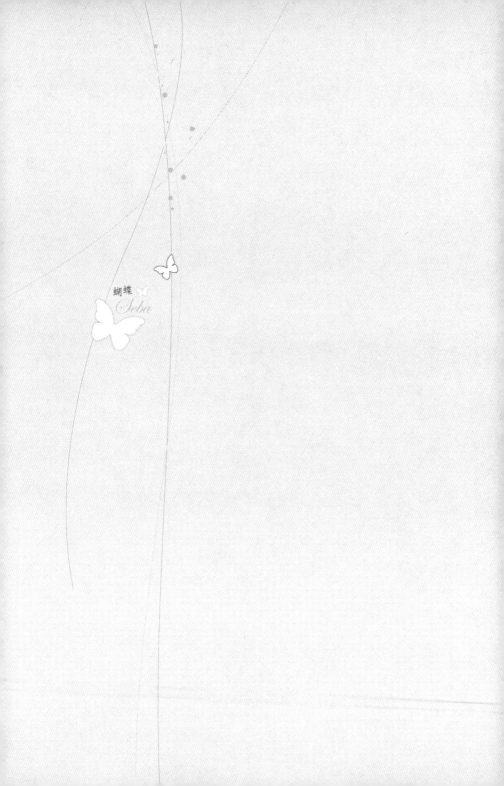

蝴蝶
Seba

蝴蝶
Seba

蝴蝶
Seba